U0045479

古典詩歌研究彙刊

第 二 二 輯

龔鵬程 主編

第 **14** 冊

龔自珍詩文研究（下）

吳 文 雄 著

國家圖書館出版品預行編目資料

龔自珍詩文研究（下）／吳文雄 著 — 初版 — 新北市：花木
蘭文化事業有限公司，2017〔民 106〕
目 2+162 面：17×24 公分
（古典詩歌研究彙刊 第二二輯；第 14 冊）
ISBN 978-986-485-124-9（精裝）
1.（清）龔自珍 2. 清代文學 3. 文學評論
820.91   106013433

ISBN-978-986-485-124-9

9 789864 851249

古典詩歌研究彙刊
第二二輯　第十四冊
　　　　　　　　　　　　　ISBN：978-986-485-124-9

龔自珍詩文研究（下）

作　　　者　吳文雄
主　　　編　龔鵬程
總 編 輯　杜潔祥
副總編輯　楊嘉樂
編　　　輯　許郁翎、王筑　美術編輯　陳逸婷
出　　　版　花木蘭文化事業有限公司
社　　　長　高小娟
聯絡地址　235 新北市中和區中安街七二號十三樓
　　　　　　電話：02-2923-1455 ／傳眞：02-2923-1452
網　　　址　http://www.huamulan.tw 信箱 hml 810518@gmail.com
印　　　刷　普羅文化出版廣告事業
初　　　版　2017 年 9 月
全書字數　278572 字
定　　　價　第二二輯共 14 冊（精裝）新台幣 22,000 元
　　　　　　　　　　　　　　　　　　版權所有・請勿翻印

龔自珍詩文研究(下)

吳文雄 著

第四章　龔自珍詩文淵源的研究

　　龔自珍是一位在文學創作上，能夠辛勤探索，並且悉心學習前輩的人。他的詩文風格，雖以雄奇哀豔爲主調，但其他如鬱勃橫逸、清深淵雅、瀏亮秀拔、突兀險肆、典重麗則以及奇譎詭異等，也是他時而展現的藝術風格。正如他在〈題王子梅盜詩圖〉中所說：「從來才大人，面目不專壹」，不僅可以看出他有「不拘一格」的藝術自覺，更暗示他的詩文淵源，是多源頭的，是抱著轉益多師的學習態度，像蜜蜂採蜜一樣，對於心契的前輩作家，進行選擇、吸取、儲存的準備工作。

　　不過，即使奇境獨闢的作家，對他所沉吟視聽的眾多前輩中，至多也祇能作選擇性的繼承，不可能一視同仁的加以接受。如此一來，眾多源頭中，就有主流與支流之分了。因此，即使有時不免取法或規撫非主流作家的藝術風格，但祇是旁枝而已。這些次影響的前輩作家，並非是構建主要風格的主幹所在。爲免瑣碎龐雜，本章節中所欲討論的作家，僅限於莊子、屈原以及李白三人。〔註1〕

〔註1〕歷來論者謂龔自珍詩文的淵源，計有先秦諸子、屈原、莊子、史記、漢書、李白、韓愈、杜牧、孫樵、李商隱、李賀、盧仝、陸游、屈大均、趙翼、吳梅村諸人。

第一節　轉益多師的一瓣心香

壹、龔自珍所受莊子的影響

在龔集中，直接言及莊子的有數處，茲摘引如下：

〈自春徂秋，偶有所觸，拉雜書之，漫不詮次，得十五首〉之三：

> 名理孕異夢，秀句鐫春心。莊騷兩靈鬼，盤踞肝腸深。古來不可兼，方寸我何任？所以志爲道，淡宕生微吟。一簫與一笛，化作太古琴。

〈辨仙行〉：

> 周任史佚來彬彬，配食漆吏與楚臣；六藝但許莊騷鄰，芳香側徘懷義仁。

〈紀夢七首〉之二：

> 十部徴文字，聱牙爲審音。雖非沮頡體，而有老莊心。

其中〈自春徂秋〉之三所言，龔自珍與莊子間的傳承關係，最是明白直接。不過，從「古來不可兼，方寸我何任」兩句，卻也可以看出龔自珍對莊子的「名理孕異夢」，是有所保留的。其中原因，主要是莊子的世界觀，所採取的是「虛無」與「逃離」的態度，很難契合龔自珍的經世思想。在〈最錄列子〉中，龔自珍就說：

> 列與莊異趣。莊子知生之無足樂，而未有術以勝生死也。乃曰：死若休，何容易哉。列子知內觀矣。莊子欲陶鑄堯舜，而託言神人。列子知西方有聖人矣，其曰：以耳視，以目聽。曰：視聽不以耳目。於聖人六根互用之法，六識之相，庶近似之，皆非莊周所知者。求之莊，未可以措手足；求之列，手有捫而足有藉也，莊子見道十三四，列子見道十七八。

虛無的莊子，所得到龔自珍的評價，是「見三道四」；而列子，則是「見道十七八」，可見龔自珍並不滿意莊子在處理生死問題上的思想歸趣。不過，「莊子欲陶鑄堯舜，而託言神人」的傳達手段，顯然與

藝術的傳達手法相涉，這是龔自珍有取於莊子的地方。

《莊子》一書的氣勢汪洋恣肆，設譬無有端崖，影響後來甚鉅。對魏晉方興的山水詩，更有開啓之功。在〈金孺人畫山水敘〉中，龔自珍就說：

> 嘗以後世一切之言，皆出於經。獨至窮山川之幽靈，嗟歎草木之華實。文人思女，或名其家，或以寄其不齊乎凡民之心，至一往而不可止。嘗以叩吾客，客曰：是出於老莊耳。老莊以逍遙虛無爲宗，以養神氣爲用，故一變而爲山水草木家言。……抑又聞老莊之言，或歧而爲神仙，或歧而爲此類，將毋用此類之能事與其用心，其亦去去有仙者思歟？

而〈莊子・天下〉在評論莊子的思想時，也說：

> 古之道術有在於是者，莊周聞其風而悅之。以謬悠之說，荒唐之言，無端崖之辭，時恣縱而不儻，不以觭見之也。以天下爲沉濁，不可與莊語，以卮言爲曼衍，以重言爲眞，以寓言爲廣，獨與天地精神往來，而不傲倪於萬物，不譴是非以與世俗處。其書雖瑰瑋，而連犿無傷也；其辭雖參差，而俶詭可觀。〔註2〕

所謂「謬悠之說，荒唐之言，無端崖之辭」、「以卮言爲曼衍，以重言爲眞，以寓言爲廣」云云，無一不與文學的傳達手段相通。劉勰在〈文心雕龍・諸子〉中，就說：「莊周述道以翺翔」〔註3〕，言簡意賅的凸顯了莊子的藝術特色所在。而龔自珍正是從這一角度，選擇性地繼承了他所欽慕的莊子。

以下，即從寄意設譬的謬悠荒唐、據事類義的援古證今、頂眞排比的恣縱參差以及因物隨變的曼衍不羈等四個方面，論述龔自珍詩文所受到莊子的影響情形。

〔註2〕見王先謙《莊子集解》，木鐸出版社，1988 年 6 月，頁 295。
〔註3〕見王利器《文心雕龍校證》，明文書局，1982 年 4 月，頁 119。

一、寄意設譬的謬悠荒唐

莊子是我國歷史上，最早確立「寓言」這一名詞，且大量使用的人。在〈莊子・寓言〉中，他自述創作的情形說：「寓言十九，藉外論之。」〔註4〕司馬遷在〈史記・莊子傳〉中，也說：「其著書十餘萬言，大抵率寓言也。」司馬貞解釋「萬言」說：「率皆立主客，使之相對語，故云偶言。又音寓。寓，寄也。故別錄云，作人姓名，使相與語，是寄辭於其人。」〔註5〕

《莊子》一書中，運用寓言設譬的例子很多。以內篇為例，如〈逍遙遊〉中的借湯與棘的問答，引出鵬鷃以寄意；借肩吾與連叔的問答，引出神人以寄意。〈齊物論〉中的借齧缺與王倪、罔兩與景的問答，引出夢蝶以寄意。〈養生主〉中的借文惠君與庖丁的問答，引出解牛以寄意。〈人間世〉中的借匠石與弟子的問答，引出散木以寄意。〈德充符〉中的借魯哀公與孔子問答，引出哀駘它以寄意。〈大宗師〉中的借南伯子葵與女偊的問答，引出攖寧以寄意。〈應帝王〉中的借儵與忽，引出渾沌以寄意等，都是極有名的例子。郭象說：

> 鵬鯤之實，吾所未詳也。夫莊子之大意，在乎逍遙遊放，無為而自得，故極小大之致以明性分之適。達觀之士，宜要其會歸而遺其所寄，不足事事曲與生說。自不害其弘旨，皆可略耳。〔註6〕

所謂「不足事事曲與生說」，正好點出莊子筆下，借由人與物設譬的謬悠荒唐，無有端崖。

龔集中採用寓言設譬的作品，多集中在寓言雜文中，如〈尊隱〉、〈僞鼎行〉、〈三捕〉以及〈病梅館記〉等都是代表性極強之作。這些文章，在形式上，雖未必採取主客問答的「偶言」方式，但作者借物以託意的旨趣，卻極為明顯。以最符合寓言的〈三捕〉為例，之一是

〔註4〕同註2，頁245。
〔註5〕瀧川龜太郎《史記會注考證》，洪氏出版社，頁855。
〔註6〕見郭慶藩《莊子集釋》，華正書局，頁3。

借著作者與山川神祇的問答，引出捕殺蟓的主題，而重心則放在蟓忌文采，不忌蓑絰的特性上，以寄托諷意。之二是借著作者與邱墳神祇的問答，引出捕殺熊羆、鴟鴉、豺狼的主題，而重心則放在諸物性善愎，必噬有恩者及仁柔者，以寄托諷意。之三則借著作者與沮洳神祇的問答，引出捕殺狗蠅螞蟻蚤蟗蚊虻的主題，而重心則放在諸物無性，聚散皆適然，以寄托諷意。又〈僞鼎行〉，則借主人對鼎的勸誡，引出官場百醜千怪的穢行，而重心則放在內有饕餮之饞腹，外假渾沌自晦的僞善，以寄托諷意。如〈尊隱〉，則借著京師與山中力量的消長，引出時代危機的主題，而重心則放在山中之民的崛起，以寄托諷意。這些雜文由於都是出自作者猖狂詼詭的創作情懷，因此文章中，往往可見作者想像力的馳騁狂奔，而其所塑造出來的主人公形象，又不宜「事事曲與生說」，充分體現了莊子設譬荒唐，無有端崖的傳達特徵。

二、援古證今的據事類義

莊子除了是我國歷史上，最早確立「寓言」名義，並且大量使用的人外，也是最早總結「引用」這一修辭手法，並且稱之曰：「重言」的人。所謂「重言」，即指借重有才德前輩的話，以信服於人。〈莊子‧寓言〉中就說：「重言十七，所以己言也，是爲耆艾。」〔註7〕劉勰在〈文心雕龍‧事類〉中將之引申爲「據事以類義，援古以證今」，並說：「明理引乎成辭，徵義舉乎人事，迺聖賢之鴻謨，經籍之通矩也。大畜之象：『君子以多識前言往行。』亦有包於文矣。」〔註8〕宋代陳騤在〈文則〉中，更進一步總結其具體的創作規律，稱之爲「援引」。〔註9〕這一修辭手法，在《尙書》中，已見使用。莊子爲了見信於人，更是大量的使用。故〈天下篇〉的作者，視「重言」爲莊子的三大傳

〔註7〕同註4。

〔註8〕同註3，頁234。

〔註9〕陳騤〈文則〉丙二條：「凡伯刺厲之詩，而曰『先民有言』吉甫美宣之詩，而曰『人亦有言』……是皆有所援引也。」

達手段之一。

　　以內篇爲例，如〈逍遙遊〉的援引許由、肩吾之言，以證聖人戢
機應物，凝造潛通的道理；〈齊物論〉的援引堯舜、齧缺及王倪之言，
以證聖人齊物，使之各暢其性，各安其安的道理；〈人間世〉的援引
孔子之言，以證聖人凝寂虛忘，冥符獨化的道理；〈德充符〉的援引
孔子之言，以證聖人神全心具，體與物冥的道理；〈大宗師〉的援引
孔子之言，以證聖人道術內充，偏愛斯絕，各足相忘的道理；〈應帝
王〉的援引老子之言，以證聖人功侔造化，覆等玄天，而功成不處的
道理。

　　龔自珍使用「重言」的例子，主要多表現在「借古諷今」上；這
與莊子往往以「援古」作爲「證今」的論據，有所距離。而且，龔
自珍的大量使用這一修辭手法，主要是在「尊史」的形式下產生的，
並非僅是單純的修辭手法的運用。但龔自珍詩文中，所自言與莊子
的淵源，又是如此之深；對於此一手法，在構成莊子文章風格上的
重要性，自無視若無睹的道理。因此，仍有針對上一特點舉例說明的
必要。

　　龔自珍的「重言」，主要是以「借古諷今」的手法抨擊衰世種弊
端，以爲呼籲世人從事改革的主張張目。如〈京師樂籍說〉中，借
唐、宋、明三朝的官妓制度，以諷刺當政者的居心叵測。如〈家塾策
問二〉中，借明儒的勤於治學，以諷刺當時士風的慵懶疏墮。如〈明
良論一〉中，借唐、宋盛時，大臣魁儒的豪偉疏闊，以諷刺當時士大
夫的市井之行。如〈明良論二〉中，借唐、宋盛時，大臣講官的不輟
坐、賜茶之舉，以諷刺當今政要的但知車馬、服飾、言詞之捷給。如
〈乙丙之際著議第六〉中，借周代師儒的兼綜博聞，以諷刺當時師儒
的不學無術。如〈乙丙之際著議第二十〉中，則借漢人治水的遺地讓
水，以諷刺當時治水的塞竇闔門。但龔自珍也有些例子，像莊子一樣，
稱引前賢之言，以爲自己立論佐證；惟不同的是，莊子的稱引，每具
體言之，如仲尼、老聃、堯、舜云云，而龔自珍則多含糊其人，不特

別指陳姓名。如〈古史鉤沉論一〉的「史氏之書有之曰云云……史氏之書又書之云云」。如〈乙丙之際著議第九〉的「吾聞深於春秋者，其論史也。曰云云」。如〈御試安邊綏遠疏〉的「臣聞前史安邊之昭云云」。

三、恣縱參差的頂真排比

司馬遷在〈史記‧莊子傳〉中，說莊子「善屬書離辭」。〔註10〕「離辭」一語，指的就是莊子的語言格。錢鍾書根據鄭玄對〈禮記‧曲禮〉一文中，有關離坐離立，毋往參焉」的解釋，認為「離辭」，是排比儷偶之詞，也即是〈宋書‧謝靈運傳論〉中的「比響聯辭」。〔註11〕這也正是〈文心雕龍‧麗辭〉中所說的「龍虎類感，則字字相儷；乾坤易簡，則宛轉相承；日月往來，則隔行懸合：雖字句或殊，而偶意一也。」〔註12〕莊子文中，的確可以看到這一特點。而且亦如劉勰所主張的「疊用奇偶，節以雜佩」，〔註13〕莊子文中，也隨處可見偶句與奇句的交錯運用，而造成整齊中見參差，排比下見雄壯的獨特風格。〈天下篇〉說莊子「其辭雖參差而俶詭可觀」，指的就是這一點。而這一語言風格的呈現，在龔自珍的散文作品中，更是俯拾即是；其大量運用的情形，較之莊子，可謂有過之而無不及。數百篇的文章中，無論序跋、論辨或雜記，幾乎已到了篇篇都用的地步。

以莊子的內篇為例。如〈逍遙遊〉：

> 日月出矣而爝火不息，其於光也，不亦難乎！時雨降矣而猶浸灌，其於澤也，不亦勞乎！

又，〈齊物論〉：

> 大知閑閑，小知閒閒；大言炎炎，小言詹詹。其寐也魂交，其覺也形開，與接為搆，日以心鬥。縵者，窖者，密者。小恐惴惴，大恐縵縵。其發若機栝，其司是非之謂也；其

〔註10〕同註5。
〔註11〕錢鍾書《管錐篇》第一冊，蘭馨書局，頁310。
〔註12〕同註3，頁223。
〔註13〕同上。

留如詛盟，其守勝之謂也；其殺若秋冬，以言其日消也；
其溺所爲之，不可使復之也；其厭也如緘，以言其老洫也。

〈養生主〉：

吾生也有涯，而知也無涯。以有涯隨無涯，殆已；已而爲
知者，殆而已矣。善爲近名，爲惡爲近刑。緣督以爲經，
可以保身，可以全生，可以養生，可以盡年。

莊子文章中，這種因對偶、排比、頂眞所形成的連珠炮式的風
格，亦爲龔自珍所繼承，而形成龔文中，氣勢直貫，先聲奪人的獨特
風格。如〈長短言自序〉：

情孰爲尊？無住爲尊，無寄爲尊，無境而有境爲尊，無指
而有指爲尊，無哀樂而有哀樂爲尊。……先小咽之，乃小
飛之，又大挫之，乃大飛之，始孤盤之，悶悶以柔之，空
闊以縱游之，而極於哀，哀而極於瞀，則散矣畢矣。

又，〈乙丙之際著議第九〉：

衰世者，文類治世，名類治世，聲音笑貌治世。黑白雜而
五色可廢也，似治世之太素，宮羽淆而五聲可鑠也。似治
世之希聲，道路荒而畔岸驟也。似治世之蕩蕩便便，人心
混混而無口過也。似治世之不議。左無才相，右無才史，
閫無才將，庠序無才士，隴無才民，廛無才工，衢無才商，
抑巷無才偷，市無才馹，藪澤無才盜。

〈壬癸之際胎觀第八〉：

萬物不自名，名之而如其自名。是故名之於其合離，謂之
生死。名之於其生死，謂之人鬼。名之於其聚散，謂之物
變。名之於其虛實，謂之形神。名之於其久暫，謂之客主。
名之於其客主，謂之魂魄。名之於其諄濁靈蠢壽否樂否，
謂之升降。名之於其升降，謂之勸戒。名之於其勸戒取舍，
謂之語言文字。

〈說衛公虎大敦〉：

衛公虎大敦，百有三名，龔子是以求得衛公之大敦。龔子
不忘南，不敢盡取京師之重器以南，龔子是以不得衛公之
大敦。龔子望南中幽幽，有小羽琤之山，他日欲以華其山，

龔子是以求得衛公之大敦。

龔自珍如此大量使用排比頂眞的手法，在我國文人中是少見的。他不僅贈與朋友的書信用，莊重嚴肅的政論文章用，駁斥狂禪的流弊用，即連鐘鼎古器的辨析文章也用。如〈長短言自序〉中，一連兩度使用五、六個以上的排比句，傳達自己無法遏抑的情感，是多麼的深沉幽怨，如〈支那古德遺書序〉中，一連使用近廿個的排比句，讓如江河般奔湧而至的字句，排闥而來，氣勢雄壯而逼人，極盡詆毀狂禪流弊之能事！如〈乙丙之際著議第九〉中，爲了揭露專制統治下，扼殺人才的嚴重後果，一連使用七個排比短句，說明不僅將、相、史官、士、農、工、商中，已無人才，即連小偷、強盜亦乏可陳之才，完全畢露了衰世令人擔憂的各種景象！而在〈說衛公虎大敦〉中，則一連以十一個排比句，在正反面的論述下，顯現自己亟欲得到敦器的渴望之情！龔自珍這樣縱情恣意的使用頂眞排比句法的結果，不但使文章的氣勢澎湃洶湧，有先聲奪人之勢；而且，由於字句的參差安排，又使得這種手法，能更深刻的切中事理，得物之情。這正好證明了是龔自珍有效繼承莊子「善屬離辭」的結果。

四、因物隨變的曼衍不羈

莊子的散文特徵，除了在語言作風上，留給後人如前述的印象之外，其文中意境與形象的塑造，亦因傲岸狂放，曼衍不羈，而睥睨千古。這種藝術形象的塑造，基本上是根源於莊子乘物以遊心，隨其變而任自化的處世態度。我們從〈逍遙遊〉的遇物皆適，〈齊物論〉的應物忘懷，〈養生主〉的混同庶物，〈人間世〉的隨物任化，〈德充符〉的隨物昇降，〈大宗師〉的接物無心及〈應帝王〉的驅物寂應，都可看出他爲文的宗旨。而在此一宗旨的規範下，形象的塑造，也就如卮言一樣，隨滿隨傾，如爲闡明逍遙本旨，鵬鶤而後芥舟，芥舟而後蜩鳩，蜩鳩而後朝菌冥靈，朝菌冥靈而後狸狌髦牛。如爲闡明齊物本旨，時而大塊噫氣，時而以指喻指，時而朝三暮四，時而十日並出，時而毛嬙沉魚，時而莊周夢蝶。凡此，形象曼衍不羈，卻又隨起隨撥，了

無掛痕。這些形象，其實都是莊子思想性格的化身，也都是莊子本人傲岸狂放，曼衍不羈的個性投射。這是作者個人的思想內容，決定他語言形式的結果。〈天下篇〉說他「以卮言為曼衍」，〈寓言篇〉也說他「卮言日出，和以天倪，因以曼衍，所以窮年。」〔註14〕如卮器一樣，隨滿隨傾，正因為如此，纔能與萬物萬事和同，隨其變化而窮盡天年。而在語言的手法上，也就必然是隨起隨撥，日新月益。其所塑造的意境以及形象，也就予人目不暇給，變化無窮的印象。

　　而龔自珍在這方面所承襲自莊子的，也顯而易見。在他詩文中，因隨起隨撥，流動變化的修辭手法，所形成的傲岸狂放，任性不羈的形象特徵，以及意境風格，亦隨處可見。程金鳳在〈己亥雜詩〉後跋中，曾說：

> 變化從心，倏忽萬匠，光景在目，欲捉已逝，無所不有，所過如掃，物之至也無方，而與之為無方，此其明妙在心，世烏從知之？鳳知之而卒不能言之。嘗聞神全者，衰不能感，藥不能眩，風雨不能蝕，晦朔不能移，乃至火不能燒，水不能溺，此道家言，似不足以測學佛者之涘，抑古今語言所可到之境止於此，定公其殆全於神哉！全於神者哉！
>
> 〔註15〕

程氏以道家的「神全」，總結龔自珍詩文中，意境與形象所以倏忽變化的原因。這正好說明龔自珍與莊子之間的淵源關係。雖然，她也以「不足以測學佛者之涘」一語，暗示佛教纔是龔自珍詩文中，形象變化流動的大源頭。但所謂「變化從心，倏忽萬匠，光景在目，欲捉已逝，無所不有，所過如掃」云云，與〈莊子‧寓言〉：「言無言，終身言，未嘗不言；終身不言，未嘗不言。有自也而可，有自也而不可；有自也而然，有自也而不然。」〔註16〕合看，其間又有何差別呢？我們祇要舉龔詩中的〈西郊落花賦〉，便足以說明其形象流動變

〔註14〕同註2。
〔註15〕《全集》，頁539。
〔註16〕同註2。

化的情形：

> 如錢唐潮夜澎湃，如昆陽戰晨披靡；如八萬四千天女洗臉
> 罷，齊向此地傾胭脂。奇龍怪鳳愛漂泊，琴高之鯉何反欲
> 上天爲？玉皇宮中空若洗，三十六界無一青蛾眉。又如先
> 生平生之憂患，恍惚怪誕百出難窮期。

同樣是落花的情景，時而是人間澎湃洶湧的海潮，戰況披靡的殺場；時而是天上天女傾倒胭脂，奇龍怪鳳的漂泊流浪；時而又是作者個人恍惚怪誕的憂患與佛國紛紛灑灑的落花景象。人間、天上、玉皇宮中、佛國淨土、錢唐潮、昆陽戰、天女洗臉、龍鳳漂泊、恍惚怪誕、繽紛灑灑，形象隨起隨撥，倏忽之間，萬象出沒，頃刻之際，又萬象寂寂，歸於落花本相。這和莊子爲了說明逍遙本旨，時而鵬鷃，時而芥舟，時而蜩鳩，時而朝菌冥靈，時而貍狌髦牛，是如出一轍的。

貳、龔自珍所受屈原的影響

龔自珍在詩歌中，常將屈原與莊子二人並提。如〈自春徂秋，偶有所觸，拉雜書之，漫不詮次，得十五首〉之一：

> 莊騷兩靈鬼，盤踞肝腸深。

又，〈辨仙行〉：都是。

> 六藝但許莊騷鄰，芳香惻悱懷仁義。

〈夜讀番禺集，書其尾〉：

> 靈均出高陽，萬古兩苗裔。鬱鬱文詞宗，芳馨聞上帝。

〈紀夢七首〉之四：

> 持問臙脂色，南人同不同？模糊綃帕褶，慘憺唾盂中。我
> 有靈均淚，將毋各紅樣。星星私語罷，出鞘一刀風。

其中或自言師承，或崇揚有加，均對屈原表達了高度的敬意。唯龔自珍所以心折屈原如此，在詩論他所受屈原的影響現象之前，實有必要作一番探討。

無論從社會根源、宗教根源、家世根源或主體的情志根源來

看，屈原與龔自珍都有極爲相似之處。因此，後者容易對前者產生共鳴，而在文學創作的繼承上，自然而然，前者也就成爲後者汲取的主要對象。

首先，在社會根源方面：

屈原與龔自珍兩人，同處在君王驕壅，政治腐化，外患侵凌，國家民族面臨空前的危機時代。兩人同樣抱持著熱情投入激烈的政爭之中，都以強硬的主戰態度，與主和派進行抗爭。屈原的時代有子蘭、子俶，龔自珍的時代有穆彰阿、琦善。但兩人卻都敗下陣來，屈原抱石自沉於淵，龔自珍被迫辭官，倉皇離京。所以，兩人在作品中，都以無比的熱情，表達了深刻的時代關懷，而且隱約中，可見政爭的影子。

其次，在宗教根源方面：

屈原與龔自珍同處在宗教文化濃厚的地理環境中；屈原生長的楚國，是山高水長，巫風盛行的地帶，豐富的神話傳說，以及巫術儀式中所佩戴的各種香草，都成爲他後來哀志傷情的象徵。而龔自珍處在佛教氣息濃厚的杭州地區，與日俱增的宗教興趣，以及宦途的蹇困，使他將佛教視爲心靈的避風港，而佛典中的清詞麗句更成爲他詩中意象的來源之一。

第三，在家世根源方面：

屈原與龔自珍的家世，與朝廷都有休戚與共的關係。屈原是楚國的公族大夫，〈離騷〉開宗明義即說：「帝高陽之苗裔兮」，王逸在〈離騷敘〉中，針對屈原所任的三閭大夫一職解釋說：「三閭之職，掌王族三姓，曰昭、屈、景。屈原序其譜，率其賢良，以厲國士。」〔註17〕因此，〈哀郢〉的「去終古之所居」，其所流露的情感，以及對子蘭等人紛紛背己的深沉傷心，都是一種屬於宗族情感的深痛。

而龔自珍的身分，對朝廷言，他雖是「賓」，但在〈己亥雜詩〉第十首中，他說：

〔註17〕洪興祖《楚辭補注》，漢京文化事業公司，頁13。

進退雍容史上難，忽收古淚出長安。百年蓍載低徘徊，忍
作空桑三宿看。

詩自注：「先大夫宦京師，家大人宦京師，至小子三世，百年矣。以
已亥歲四月二十三日出都。」這種世世在朝爲官所產生的依戀情感，
也是一份幾近宗族的情感。而跟隨著這種情感而來的責任心，又與屈
原的滋蘭樹蕙，是絕對相同的。在第五首中，他就說：「落花不是無
情物，化作春泥更護花。」但也由於這種情感的束縛，使得龔自珍與
屈原二人始終對君王都懷抱著希望，不是不忍投效他國，就是在更
法的態度上，不以搖撼政權的核心爲極限。章太炎說龔自珍「生長貴
游，憑藉家世，一端之長，足以傾動朝野，自謂與國家同休戚，不敢
有二。」〔註18〕足以說明家世根源，所產生的影響作用。

最後，在個人的情志方面：

屈原與龔自珍二人，在蒿目時艱的環境遭遇中所抱持的情志，
始終也都是一致的。屈原的「進不隱其謀，退不顧其命」，「雖九死其
不悔」，與龔自珍的「恆相與指天畫地，規天下大計」以及「閱世雖
深有血性，不使人世一物磨鋒芒」，是一致的。龔自珍雖不如屈原的
狷狹，願「依彭咸之遺則，從子胥以自適」，但他不顧友的勸誠，終
致被迫辭官，倉皇離京，乃至暴死丹陽。其狷狹而不思自我寬解的程
度，亦直追屈原而來。

以上所述，對龔自珍在學習屈原的文學成就時，應有著推波助瀾
的作用在。這對於我們探討前者在繼承後者時的選擇角度上，也應是
有所幫助的。以下，即著手討論龔自珍在詩文方面，所受到屈原的影
響情形。

劉勰在〈文心雕龍・辨騷〉中，認爲屈原的〈離騷〉與儒家的經
典之間，有四同四異。同的是「典誥之體」、「規諷之旨」、「比興之
義」、「忠怨之辭」；異的是「詭異之辭」、「譎怪之談」、「狷狹之志」

〔註18〕〈箴新黨論〉，《章太炎全集・太炎文錄初編・別錄》卷一，上海人
　　　民出版社，1980 年 10 月，頁 292。

及「荒淫之意」。認爲他是「體憲於三代，而風雜於戰國，乃雅頌之博徒，而詞賦之英傑也。」〔註19〕這正好是屈原的文學特色所在，也是我們觀察龔自珍學習屈原時所應採取的切入點。

一、發憤以抒情

屈原對楚國興亡的關注之情，是有其典型意義的。王逸說他「率其賢良，以屬國士。入則與王圖議政事，決定嫌疑。出則監察群下，應對諸侯，謀行職修。」〔註20〕這在龔自珍身上，亦有極其突出的表現。從青年時代的「虎虎生風」，到壯年的「頹波難挽挽頹心」，再到晚年的「狂言重起廿年瘖」，其一生最大的關注與抱負，也都放在國家上面。他不僅有「美人如玉劍如虹」的豪情壯志，更預示了「彈丸累到十枚時」的危機。梁啓超說：「清政既漸陵又衰微矣，舉國方沉酣太平，而彼輩若不勝其憂危，恆相與指天畫地，規天下大計。」但當他遭讒受憂時，也就不禁吟出「平生進退兩顛簸，詰屈內訟知緣因。側身天地本孤絕，紉乃氣悍心肝淳」，這與屈原在被讒見斥時所吟哦的「余雖好修姱以鞿羈兮，謇朝誶而弘替。既替余以蕙纕兮，又伸之以攬茝。亦余心之所善兮，雖夷恐其猶未悔。」其孤絕之與無悔之意，千古上下，是一致的。也因有這樣的情志與遭遇，龔自珍在詩中的顯忠斥佞，也就更能看出來自屈原的影響。

屈原的離憂是〈離騷〉：

吾令帝閽開關兮，倚閶闔而望予。時曖曖其將罷兮，結幽蘭而延佇。

又，〈惜誦〉：

又眾兆之所咍，紛逢尤以離謗兮。

〈抽思〉：

好姱佳麗兮，牉獨處此異域。既惸獨而不群兮，又無良媒在側。

〔註19〕同註3，頁27。
〔註20〕同註17。

〈思美人〉：

　　　　申旦以舒中情兮，志沉菀而莫達。

龔自珍的孤絕，則是如〈行路易〉：

　　　　漫漫趨避何所已？玉帝不遣牖下死。

又，〈小遊仙詞十五首〉之一：

　　　　歷劫丹砂道未成，天風鸞鶴怨終生。

〈己亥雜詩〉第三首：

　　　　罡風力大籋春魂，虎豹沉沉臥九閽。

〈庚子雅詞·定風波〉：

　　　　畢竟塵中容不得，難說，風前揮淚謝鸞媒。

　　　　別有高樓人一個，獨坐，背燈偷學製回文。

儘管體製不同，二人在造意上，雖間隔千年，卻是息息相通。屈原時代，因朝廷的壅塞，導致賢臣的含冤莫宣，在龔自珍的年代，依舊重演。因憤慨而奮發抒情的情志，亦如出一轍。

　　因個人的沉冤莫達，離憂孤絕，所衍生而來的題目，是對人才不遇的關注。這是屈原與龔自珍，以及其他多數文人千古以來，所共同痛苦面對的難題。在〈離騷〉中，屈原不止一次的提及人才的欲試與不遇：

　　　　余既滋蘭之九畹兮，又樹蕙之百畝。畦留夷與揭車兮，雜杜衡與芳芷。冀枝葉之峻茂兮，願俟時乎吾將刈。

　　　　曾歔欷余鬱邑兮，哀朕時之不當。攬茹蕙以掩涕兮，霑余襟之浪浪。

在龔自珍詩中，則表現為〈夜坐〉的：

　　　　一山突起邱陵妒，萬籟無言帝坐靈。

　　　　沉沉心事北南東，一晼人才海內空。

又，〈詠史〉：

　　　　金粉東南十五州，萬重恩怨屬名流。牢盆狎客操全算，團扇才人踞上游。

〈釋言四首之一〉：

木有文章曾是病，蟲多言語不能天。

〈己亥雜詩〉第一二五首：

九州生氣恃風雷，萬馬齊瘖究可哀！我勸天公重抖擻，不
拘一格降人才。

在我國的傳統文學中，年代雖分居首尾，但地位則同領風騷千百年的
屈原與龔自珍二人；千古上下，其所遭遇與關切的最大問題，竟然同
是人才不遇。再加上，龔自珍時代所面對的黨爭，亦同於屈原時代所
面對的黨爭；而龔自珍因「虎虎生氣」的理想而不遇，亦同於屈原因
「懷信侘傺」的理想而不遇。這種同樣坎坷的歷程，與面對時艱時的
不移情志，是很容易使龔自珍在創作的立意和題材上，步武屈原走過
的痕跡。

二、比興以寄意

王逸在〈楚辭章句離騷序〉中說：「離騷之文，依詩取興，引類
譬喻。故善鳥香草，以配忠貞；惡禽臭物，以比讒佞；靈脩美人，以
媲於君；虙妃佚女，以譬賢臣；虯龍鸞鳳，以託君子；飄風雲霓，以
爲小人。」〔註21〕可見屈原善於馳騁豐富的想像力，驅遣自然界的動
植物及氣象景觀，與神話界的神禽異獸及天神仙人，作爲比興的對
象。而這些，又往往凝鑄成屈原在感情上，忠憤無聊、纏綿跌宕的
化身。

但屈原在辭賦中，利用神話界事物，作爲比興的對象，往往較利
用自然界的事物來得多，而且突出。他利用神話界的神禽異獸與天神
仙人，所構成的雄壯畫面，計有重華、帝閽、宓妃、簡狄、羲和、望
舒、風神、雷神、河伯、司命神、鸞鳳、雲神、雄鳩、鴆鳥、嫦娥、
麒麟、西王母、周穆王、高唐神女等。這些大畫面中的虛構事物，並
非作者有意刻畫神話事物的本身，而是借著神話事物，以爲自己寄諷
斥憤。至於借用自然界事物，作爲比興對象的，計有江離、芷草、木

〔註21〕同註 17。

蘭、薛荔、菌桂、香蕙、胡繩、芙蓉、芰荷及荃蓀等等。但其在辭賦中的地位，往往渲染鋪陳的意義，大於實質象徵的意義，故對後代的影響，似較神話事物略遜一疇。

　　龔自珍在政治理想上的抱負，是可以直追屈原而來的，但因當時政治氣壓的籠罩，加上當道者的排擠；他的難言之隱，也被迫不得不採用迂迴的方式來表達。林昌彝說他「詩亦奇境獨闢，如千金駿馬，不受紲，美人香草之詞，傳遍萬口。」章太炎也說他「所賦不出佩蘭贈芍之詞，所擬不離鳴鴂諑鵙之狀。」〔註22〕都指出龔自珍在修辭手法上的主要特徵，是採用比興，而且是擷取自屈原的遺響。在他的詩中，仙家雞犬、西山風伯、奇龍怪鳳、仙都玉京、蟠桃之花、琴高之鯉、姮娥織女、夷關虎豹、曼衍魚龍、仙姨玉女、玉皇宮、西方淨國、兜率宮等，處處可見，說明龔自珍亟欲透過神話界事物的飄渺奇特，以傳達自己因幽情麗想所帶來個種恍惚怪誕的憂患。其中的寓托，或許不免參雜消極的情緒，但從屈原處，借取騷體的比興手法，則是不容置疑的。至於借用自然界動植物作爲比興的例子，龔自珍的詩文中並非沒有，如美人、香草、靈脩、水仙、蘭蕙等，都是例子；但在使用的數量以及藝術手法上，均難以和神話事物的比興相抗衡，也未能跳出屈原以來使用的數量以及藝術手法上，均難以和神話事物的比興相抗衡，也未能跳出屈原以來使用的藩籬。

三、賦史以規諷

　　司馬遷在〈史記‧屈賈列傳〉中說屈原「上稱帝嚳，下道齊桓，中述湯武，以刺世事，明道德之廣崇，治亂之條書。」〔註23〕〈離騷〉中的「就重華而陳詞」，就是借史事，以作爲盛衰之道的諷諫：

> 啓九辯與九歌兮，夏康娛以自縱。不顧難以圖後兮，五子
> 用失乎家巷。羿淫遊以佚畋兮，又好射夫封狐。固亂流其
> 鮮終兮，浞又貪夫厥家。澆身被服彊圉兮。縱欲而不忍，

〔註22〕同註18。
〔註23〕同註5，頁 1020。

曰康娛而自忘兮，厥首用夫顛隕。夏桀之常違兮，乃遂焉
而逢殃。後辛之菹醢兮，殷宗用而不長。湯禹儼而祇敬兮，
周論道而莫差；舉賢而授能兮，循繩墨而不頗。

這類以史事作爲諷諫的手法，在龔自珍詩文中，亦不乏其例。而且，
由於在「尊史」的形式規範下，更形成龔自珍詩文的特色之一。如著
名的〈詠史〉：

金粉東南十五州，萬重恩怨屬名流。牢盆狎客操全算，團
扇才人踞上游。避席畏聞文字獄，著書都爲稻梁謀。田橫
五百人安在，難道歸來盡列侯？

又，〈己亥雜詩〉第十五首：

許身何必定夔皋，簡要清通已足豪。讀到嬴劉傷骨事，誤
渠畢竟是錐刀。

第廿五首：

椎埋三輔飽于鷹，薛下人家六萬增。半與城門充校尉，誰
將斜谷械陽陵。

第一一七首：

姬姜古妝不如市，趙女輕盈躡銳屣。侯王宗廟求元妃，徵
音豈在纖厥趾？

第一二七首：

漢代神仙玉作堂，六朝文苑李男香，過江子弟傾風采，放
學歸來祀衛郎。

而最突出的，莫過於〈漢朝儒生行〉的長詩。詩中，龔自珍借史事以
諷諭當時的將軍，但用事則較其他同性質詩，更加的隱晦，迷離惝
恍。歷來引起不少爭論。但龔自珍利用賦史的手法，以寄諷他對清朝
一件重畏史實的腹誹惡詛，則是不爭之事。茲摘引一段，以見其賦史
寄諷的梗概：

漢朝西海如郡縣，蒲萄天馬年年見。匈奴左臂烏孫王，七
譯來同彙街宴。武昭以還國威壯，狗監脣媒盡邊將。出門
攘臂攫牛羊，三載踐更翻沮喪。三十六城一城反，都護上
言請勤遠；期門或怒或陰嘉，嘉則何心怒則憤。

蔣子湘說龔自珍「吟詩如作史，中有春秋書。」〔註24〕指的就是這些。

四、夸誕以窮飾

這是作者為了使幻想世界的人物或事件，能夠更曲折地傳達自己的內心情意，所選擇的一種修辭手法。在屈原的辭賦中，多的是這類的詞語。他不僅像劉勰所舉的豐隆求宓妃、鴆鳥媒娀女、康回傾地、夷羿斃日、木夫九首、土伯三目的例子，以詭異譎怪的事物，刻畫自己欲試之情的急切，及內心矛盾情緒的光怪陸離；而且還借著諸多美麗雄壯的事物，顯露自己的才情之美，以及朝惕弘厲的嚴謹情愫。如〈離騷〉：

> 紛吾既有此內美兮，又重之以修能。扈江離與辟芷兮，紉秋蘭以為佩。汨余若將不及兮，恐年歲之不吾與。朝搴阰之木蘭兮，弘攬中洲之宿莽。

> 余既滋蘭之九畹兮，又樹蕙之百畝。畦留夷與揭車兮，雜杜衡與芳芷。

> 前望舒使先驅兮，後飛廉使奔屬。鸞鳳為余先戒兮，雷師告余以未具。吾令鳳鳥飛騰兮，繼之以日夜。飄風屯其相離兮，帥雲霓而來御。

> 屯余車其千乘兮，齊玉軑而並馳。駕八龍之婉婉兮，載雲旗之委蛇。

不僅極盡鋪寫服飾之美之能，而且驅龍遣鳳，用力刻畫車隊的雄壯盛大。

顯然，龔自珍在這方面，亦有所師承。而且，其所鋪寫成的意境，亦詭異譎怪與雄奇清麗兼而有之。在〈西郊落花歌〉中，龔自珍即以各種千奇百怪的事物，來形容落花繽紛的景象：

> 如錢唐潮夜澎湃，如昆陽戰晨披靡，如八萬四千天女洗臉罷，齊向此地傾胭脂。奇龍怪鳳愛漂泊，琴高之鯉何反欲

〔註24〕轉引自《資料集》，頁38。

上天爲？玉皇宮中空若洗，三十六界無一青娥眉。又如先
生平生之憂患，恍惚怪誕百出難窮期。

借著層出不窮的意象，將城郊的落花情景，渲染烘托得紛紛灑灑。而
其中設想的事件，則怪誕有之，詭異有之，雄壯清麗亦有之。又如〈僞
鼎行〉，以醜陋猙獰的字句，鋪寫僞鼎的醜陋猙獰，眞是得其形，又
得其情：

低離疥癩百醜千怪如野干形，厥怒虎虎不鳴如有聲。然而
無有頭目，卓午不受日，當夜不受日與星；徒取雲雷傅汝
敗漆朽壤，將以盜犧腥。內有饕餮之饞腹，外假渾沌自晦
逃天刑。四凶居其二，帝世何稱？

而〈能令公少年行〉的鋪采摛文，更是到了無以復加的地步！各種鮮
豔形象的深吟淺吟，交錯繁複，眞是「千番百軸光熊熊，奇許相借錯
許攻」，令人眼花撩亂，目不暇給：

其南鄰北舍誰與相過從？疴丈人石戶農，歘奇楚客，窈窕
吳儂，敲門借書者釣翁，探碑學搨者溪僮。賣劍買琴，鬥
瓦輸銅，銀針玉薤芝泥封，秦疏漢密齊梁工，佉經梵刻著
錄重，千番百軸光熊熊，奇許相借錯相攻。應客有玄鶴，
驚人無白驄，相思相訪溪凹與谷中，采茶采藥三三兩兩逢，
詗談俊辯皆沉雄。

將一個活生生、與世無爭的世外桃源，渲染得淋漓盡致。而其最大
的用意，則在借著這些此起彼落的情境，烘托出「不墮煩惱叢」的
詩旨。

五、好色以怨悱

屈原的辭賦，基本上可以說是一個以女性爲象徵中心的文學世
界。在〈離騷〉中，他不僅以女性象徵自己，如美人，而且，也將與
女性有關的諸種情形，拿來比喻自己，如好修飾、見棄、昏期、成言、
媒理等。因此，在他的作品中，一些較女性化的感情狀詞，也就比較
常見，如遲暮、嫉妒、流淚、抱怨、訴苦等。〔註25〕但儘管屈原的作

〔註25〕參游國恩〈楚辭女性中心說〉，文收入氏著《學術先進・屈原》，弘

品，講的多是女性，卻是借女性以譬喻君臣的關係。所以，劉安說他兼有「國風好色而不淫，小雅怨誹而不亂」的特色。〔註26〕而這也正好點出屈原文學與女性的關係。

　　屈原在辭賦中，喜歡借用女性的特點，對後代亦有不少的影響。從漢魏古辭，到唐朝李白的作品中，無論明詠，或是暗喻，都可見到以女性為中心，所建造成的文學世界。而且，他們也多以健康的態度創作，繼承了屈原「好色而不淫」的優良傳統。這一創作觀，在「詞」的興起後，更是將文學與女性的關係，結上了不解之緣。而在清朝，龔自珍的出現，則承繼了屈原、李白的優良傳統，同樣以女性為中心，寫下不少值得討論的作品。

　　龔自珍在詩詞中，對於女性的處理方式，基本上是有屈原式與李白式之分的。在詞的部分，龔自珍是屈原式的；意即詞中的女性，都是比興手法下的產物，是作者的化身，其本身是虛構的。而在詩的部分，則是李白式的；意即詩中的女性，都是賦手法下的產物，不是作者的化身，是另有其人，且是確有其人。龔自珍的詞中，如早期的〈無著詞選〉、〈懷人館詞選〉及〈小奢摩詞〉等，處處可見香草與美人的影子。如〈懷人館詞選‧浪淘沙〉的「香草美人吟未了，防有蛟聽。」與〈影事詞選‧洞仙歌〉的「鳩鳥倘欺鸞，第一難防，須囑咐鴛媒迴避。」而晚年的〈己亥雜詩〉及〈庚子雅詞〉中，則乾脆直稱「設想英雄垂暮日，溫柔不住住何鄉」及「除是無愁與莫愁，一身孤注擲溫柔」。盧前在〈望江南‧飲紅簃論清詞百家〉中，認為「紅禪兩字最相宜」的評斷，最能符合龔自珍詞中的特徵。而柳亞子在〈定庵有三別好詩，余仿其意作論詩三絕句〉之三中，亦以「只愁孤負靈簫意，北駕南艤到白頭」，點出他作品中的女性特色。龔自珍這一特色，更引來章炳麟「又多淫麗之詞」的詆毀。〔註27〕

　　　　道文化事業有限公司，頁203。
〔註26〕同註5，頁1010。
〔註27〕轉引自《資料集》，頁288、234、141。

　　龔自珍以女性為創作中心的藝術價值，當然態與屈原相提並論。但屈原因為「信而見疑、忠而被謗」，而借著女性作為抒發怨誹的手法，與龔自珍因為「才命相妨」而「選色談空」，其歸趨則是一致的。可見龔自珍對女性的倚重，多少還是來自屈原的「美人」的啟發。

參、龔自珍所受李白的影響

　　龔自珍所受李白的影響，從以下論述的結果來看，顯然較來自屈原與莊子的影響，更為交錯複雜許多。龔自珍不僅直接因革屈原與莊子的文學思想與表現手法，而且還承繼了在吸收屈原與莊子之後，又有新的內容的李白。在〈自春徂秋，偶有所觸，拉雜書之，漫不詮次，得十五首〉之三中，就可約略見出這種錯綜複雜的訊息：

> 名理孕異夢，秀句鎬春心。莊騷兩靈鬼，盤踞肝腸深。古
> 來不可兼，方寸我何任？

這裡，不僅可以看出屈原與莊子，對龔自珍的影響之深；還可以嗅出龔自珍試圖熔合名理異夢的莊子，與秀句春心的屈原於一爐的野心。在龔自珍看來，託言神人及不遣是非的莊子，是很難和忠怨狷狹，九死不悔的屈原搭上線的。但這一問題，在幾年後，就得到解答了。在道光八年，龔自珍三十七歲時，就以二十天的時間，認真考證李白詩歌的真偽，然後寫成〈最錄李白集〉。在文章中，他說：

> 莊、屈實二，不可以并，并之以為心，自白始。儒、仙、
> 俠實三，不可以合，合之以為氣，又自白始也。其斯以為
> 白之真原也已。

不僅將融合莊子、屈原的互異，與儒、仙、俠的迥然，都歸功於李白，還明白點出李白其人其文的大源頭，是莊、屈、儒、仙、俠五者的匯流。這雖是說明李白豐富多樣的內涵，但也暗示了李白可能因取徑不同，所反映出的矛盾與錯雜。換句話說，李白是矛盾的統一的結果，也是統一的矛盾的開始。這種錯綜複雜的現象，從他一生中，時而積極奮發，反抗現實，追求理想，時而消極頹唐，煉丹求仙、高蹈

虛無，就可看出其中端倪。

　　龔自珍爲了熔合名理異夢的莊子與春心秀句的屈原於一爐，不僅在李白身上，找到了解答；也經由李白身上，探尋到合併儒、仙、俠三者於一身的途徑。這一歷程，充分反映龔自珍其人其文，所受到李白影響的深遠程度。在他〈懷人館詞選〉中的「願得黃金三百兩，交盡美人名士，更結盡燕邯俠子。」（〈金縷曲〉）與「性懶情多兼骨傲」（〈賀新涼〉），及《影事詞選‧清平樂》中的「萬千名士，慰我傷讒意。憐我平生無好計，劍俠千年已矣。」都可見到是龔自珍也是李白的影子。

　　事實上，龔自珍在行誼與創作上，所以對李白有如此心契的共鳴，兩人諸種背景條件的相似，是一個極重要的關鍵。在正式討論龔自珍詩文，所受到李白的影響之前，「知人論世」的探討，仍然是有必要的。

　　首先，在社會根源方面：

　　李白與龔自珍二人，同處在社會經濟繁榮，朝廷上下都沉酣在太平盛世的氣氛中，而窮奢極欲；但其背後，卻隱藏著無數可能隨時爆發的危機。尤其越到二人的晚年，當道的專橫，政治的黑暗，仕途的艱險，以及外患的威脅，就越加的明顯，而李白於安史之亂中，投入永王李璘的幕府，以對抗外強；甚至在死前一年，還有意加入李光弼的軍隊，以報效朝廷。這就像在禁煙的鬥爭中，龔自珍積極的加入林則徐的行列，以對抗反禁煙的權貴；甚至在死前不久，還有意投入梁章鉅的幕府，以對抗英軍的侵略一樣。二人都以同樣積極入世的態度，對抗黑暗腐敗的社會現實。

　　其次，在宗教根源方面：

　　李白與龔自珍二人，同處在宗教風氣極度瀰漫的環境中。唐朝的尊道教爲國教，與清代開國君王的參禪禮佛，都是朝野上下，宗教信仰蔚爲潮流的助緣。而二人一生，與宗教更結下了不解之緣。李白十五歲好神仙，四十四歲娶道教中人宗氏爲繼室，並登壇受籙，直至死

前，纔覺悟道教的虛妄。終其一生，煉丹求仙，與當時名道士交游密切，並曾思隱居多次未果。

而龔自珍從小深信輪迴之說，自以爲是「曼倩後身」，二十四歲娶篤信佛教的何氏爲繼室，三十歲左右從江沅研究佛學，四十八歲發願誦經，登壇受菩薩戒。終其一生，逃禪禮佛，與當時名僧居士相交游，並曾思隱居多次未果，至晚年尤好佛書。這一大抵相似的宗教背景，使得李白與龔自珍在失意之際，對宗教所採取的行徑，也走向相同的道路。不僅將宗教做爲棲身之所，而且利用宗教作爲文學譬喻的工具，消極地批判社會的黑暗面。

最後，在個人的情志方面：

李白與龔自珍二人一生的行誼，多有相似處。首先，二人少都有大志，李白認爲「士生則桑弧蓬矢，射乎四方，故知大丈夫必有四方之志。乃仗劍去國，辭親遠游。」而龔自珍亦借用其意說：「男子初生，以桑弧蓬矢，射天地四方，何必一生局促軟紅塵土，以爲得計乎？」其次，在抱負上，李白「不求小官，以當世之務自負」，在詩文中，曾一再表白要「變風俗」、「究天人」、「要相與濟生」，而龔自珍則「搜討典籍」，「貫串百家，究心經世之務」，「與同志縱談天下事，風發泉湧，有不可一世之意」。第三，在處世性各上，李白「擊劍爲任俠，嘗手刃數人。輕財重施，不事產業」，「性嗜酒，日與飲徒醉於酒肆」，終其一生「陵轢傾相，嘲哂豪傑。籠罩靡前，跆籍貴勢。出不休顯，賤不憂戚」。而龔自珍則「舉動不依恆格，時近俶詭」，個性「簡傲，于俗人多側目」，「不喜治生，交游多山僧、畸士，下逮閨秀、優倡，揮金如土。囊盡，輒又告貸」，終其一生，「恃才跅弛，狂名甚著，氣倍人前，言語震四壁。」李白曾在詩中自謂「我本楚狂人，鳳歌笑孔丘」，龔自珍亦在詩中，屢言「我欲收狂漸向禪」、「我嘉攻人短，君當宥狂直」等一類的話。在個人情志上的相似點，應是龔自珍對李白其人其文容易產生共鳴的附帶原因之一。〔註28〕

〔註28〕李白生平事蹟參郭沫若〈李白與杜甫·李白杜甫年表〉，《郭沫若全

以上，從「知人論世」的觀點，將龔自珍與李白二人的時代環境與個人情志，簡略地作了一番對比，以為兩人在詩文創作的血緣關係上，多尋求一些可能的支持點。接著，即開始討論龔自珍的詩文創作，所受到李白影響的現象與程度。

龔自珍所受到李白的影響，顯然較他所受到莊子與屈原的影響，來得全面而深刻。正如他在〈最錄李白集〉中，對李白所下的評語，不僅適用於李白，也適用於他自己。這種情形，有很大的程度，是龔自珍自覺地學習李白的結果。以下，我們擬分奇想比興、縱橫歌行及雄奇飛動等參大部分，從內容、形式與整體風格，討論他學習李白的情形。

一、奇想以比興

李白作品中的比興意義，前人曾有不少論述；如李陽冰〈草堂集序〉說李白「凡所著述，言多諷興」。胡震亨《李詩通》說李白樂府「連類引義，尤多諷興，為近古所未有。」而陳沆《詩比興箋》中，則收有李白比興之作五十七首。〔註29〕這些論點，都顯示「比興之旨」，是李白詩作的重要特徵之一。

李白所以要沿襲發揚詩騷以來的這一傳統，主要是因六朝以來詩風「豔薄斯極」，「興寄都絕」；再者，李白在〈古風‧大雅久不作〉中，曾慨然以孔子作春秋自喻說：「希聖如有立，絕筆于獲麟」。可見李白的比興言志，不僅是要以他的詩歌廓清梁陳以來的頹風，還要以他的詩歌寄寓褒貶，辨別善惡，進而匡時濟世。〔註30〕這一結果，證明李白的採用比興，不僅僅是藝術手法的沿襲，其背後還肩負著詩人對政治的大我抱負。

而龔自珍的創作中，「比興」亦是一大特色之一，如他在〈懷人

集‧歷史編》四，人民出版社，1982 年 9 月，頁 489。
〔註29〕轉引自瞿蛻園《李白集校注》附錄業說五，里仁書局，1984 年 9 月，頁 1873。
〔註30〕安旗《李白研究》，西北大學出版社，1987 年 9 月，頁 14。

館詞選・浪淘沙〉中所吟哦的「香草美人吟未了，防有蚊聽」，就是自道之辭，而後人如林昌彝等，亦指出他在修辭手法上的這一特色。〔註31〕但龔自珍在這方面所承襲自李白的，實不僅是藝術手法上的繼承而已。他的「略工感慨是名家」，是規定在「有是非，則必有感慨激憤」的範疇裏頭，是針對當時詩壇爲體盛行而發出的呼籲；他的「詩成侍史佐評論」，是進一步以詩人兼負史職的責任擔負。這就像李白將他的詩，當作是春秋一樣，都是爲了寄寓褒貶，辨別善惡，匡時濟世之用。

　　但因爲屈原是李白和龔自珍的共同淵源，因此，龔自珍許多比興上的手法，雖然也可能來自李白，但推本溯源，則又以屈原爲淵源，而這些在前文已經討論過，現在祇擬就龔自珍所受李白的藝術特色影響較大的這點，作一討論。

　　在比興的藝術特色上，龔自珍所受到李白的影響，是在比興之中，極盡奇思遐想的能事。他在「幽情麗想」之中，因豐富的想像力，所展現出的變幻錯綜，迷離恍惚，是很容易看到李白的影子。但龔自珍的「幽情麗想」，也並非僅是單純的襲取李白的手法，而一逞誇張幻想之快。他同李白一樣，在比興之作中，馳騁連類不盡的想像，是有其創作背景因素的。他們同樣處在自己時代的轉變期中，個人仕途的失意，與國運的由盛轉衰，使他們有著不勝憂患的情緒。哀時感志，加上風雲變幻的現實世界，使他們意識到唯有縱情放歌，暢所欲言，纔足以宣洩心中深沉的悲憤，纔能夠醒豁酣睡太平的世人。但因政治環境的不利於己，卻又迫使他們「心知不得語」（李白語），而不得不「東雲露一鱗，西雲露一爪」（龔自珍語）。就在這種矛盾複雜的創作情緒下，纔使得他們將個人的悲憤，透過比興，深藏在變幻多端的想像世界之中，因而形成他們想像豐富的藝術特徵。

〔註31〕同註18。

1、神話傳說的奇想

李白詩歌中，借用神話傳說的奇想遐思，以比興托意的，不在少數。如近七十篇的〈古風〉中，言神仙的，就有十三四。「或欲把芙蓉而躡太清，或欲挾兩龍而凌倒影，或欲留玉舄而上蓬山，或欲折若木而遊八極，或欲高揖衛叔卿，或欲借白鹿於赤松，或欲餐金光於安期。」〔註32〕都大量馳騁神話傳說中的典故，以寄意諷刺。又如〈梁父吟〉中的「我欲攀龍見明主，雷公砰訇震天鼓，帝旁投壺多玉女。三時大笑開電光，倏爍晦冥起風雨。閶闔九門不可通，以額扣關閽者怒。」不僅作者的個性鮮明，悲憤深沉，更可見靈活變化的豐富想像力。而最有名的，莫如〈夢游天姥吟留別〉了。詩中極盡鋪寫神話傳說，以求曲盡其意的能事，將一個色彩繽紛，驚心動魄，既虛幻卻又寓意現實的世界，深刻地活現出來：

> 天姥連天向天橫，勢拔五岳掩赤城。天台四萬八千丈，對此欲到東南傾。我欲因之夢吳越，一度飛鏡湖月。……半壁見海日，空中聞天雞。千岩萬轉路不定，迷花倚石忽已暝。熊咆龍吟殷岩泉，栗深林兮驚層巔。雲青青兮欲雨，水澹澹兮生煙。列缺霹靂，丘巒崩摧。洞天石扇，訇然中開。青冥浩蕩不見底，曰月照耀金銀台。霓爲衣兮風爲馬，雲之君兮紛紛而來下。虎鼓瑟兮，鸞回車，仙之人兮列如麻。

詩中鋪寫一系列的奇詭事物，有峰迴路轉的行程，有咆嘯的熊龍，有深林層巒，有轟然洞開的石門，有光明耀眼的仙境，有魚列如貫的仙人，以象徵現實中，帝王宮殿的不易親近，如有千重門，萬重扃阻礙一般。這種通過奇想遐思，以鑄境的特色，很明顯地表達作者強烈感慨君門夷重的情感，而其結果，則爲「安能摧折腰事權貴，使我不得開心顏」的宣洩與告白。

龔自珍在這方面，也很喜歡通過他的「幽情麗想」，借用神話傳

〔註32〕同註29，頁1885。

說的典故，以比興托意。他以西山風伯象徵權貴驕奢不仁，以鸞漂鳳泊象徵自己的不遇，以八萬四千天女的齊倒胭脂，及三十六界的無一青蛾眉，象徵自己恍惚怪誕的憂患。在〈小遊仙詞十五首〉中，他更突出他在這方面的「幽情麗想」，借用神仙故事中常見的一些主角，以誇張諷刺的戲劇性效果，鋪寫軍機處的壟斷與營私。如「歷劫丹砂道未成，天鳳鸞鶴怨三生。是誰指與遊仙路？抄過蓬萊隔岸行。」「丹房不是漫相容，百劫修成忍辱功。幾輩凡胎無覓處，仙姨初㸃可憐蟲。」「仙家雞犬近來肥，不向淮王舊宅飛；卻踞金床作人語，背人高坐著天衣。」等都是。而最能得李白鋪寫奇想，曲盡遐思的，應是「行路易」了。從「玉帝不遣牖下死」，到「臣豈不知武皇階下東方生？」將仕途艱難，不得入君側的景象，透過誇張的手法，生動的比喻及豐富的想像表達出來。其中「入中門」前的一段鋪寫想像，尤為奇特：

> 玉帝不遣牖下死，一雙瞳神射秋水。袖中芳草豈不香？手中玉麈豈不長？中婦豈不姝？座客豈不都？江大水深多江魚，江邊何撓哎？人不足，眄有餘，夏父以來目矍矍。我欲食江魚，江水澀嚨喉，魚骨亦不可以餐；冤屈復冤屈，果然龍蛇蟠我喉舌間，使我說天九難、說地九難、跟蹌入中門。中門一步一荊棘，大藥不療膏肓頑，鼻涕一尺何其屝？

這種玄念怪想，我們很容易在李白的詩中看到。但龔自珍的想像，不像李白那樣，將它馳騁得更遠，甚至有自我陶醉在其中的傾向。論者每以「仙」字，作為評說李白的詩風，而後人也往往以「仙」字，概括龔自珍的創作，這些不僅說明兩人之間的相似點，也點出他們在馳騁神話傳說的奇想上的血緣關係。

2、自然景物的奇想

李白自稱「一生好入名山遊」見〈廬山遙寄盧侍卿虛舟〉，因此他詩中，有不少描繪自然風景的佳作。他尤其喜愛、歌詠高山大川。

他慣常以他鋪寫神話傳說的手法，大筆描寫這些自然景物的雄壯之美。在他筆下，有咆嘯萬里的黃河，有白浪滔天的長江，有曲折如腸，艱險萬分的蜀道，有層巒疊嶂，高欲入天的廬山，其形象的雄偉磅礴，古來少有詩人能夠企及得上。他筆下這些氣勢如此雄壯的高山大川，並非每個人都能刻畫得出。在很大的程度上，李白是借助於他自己的奇思遐想而做到的。他那些「君不見黃河之水天上來，奔流到海不復回」（〈將進酒〉）以及「飛流直下三千尺，疑是銀河落九天」（〈望廬山瀑布〉）等傳頌千古的名狗，是在豐富的想像基礎上，以誇張的比喻手法，纔達到如此波瀾壯闊的境界。

在自然景物的奇想上，李白最常用的有海風、明月、浮雲、白日、瀑布、晚霞、山峰、雪景、長江、黃河等。這些景物，其本身原先既已有雄壯之美，再加上李白如椽之筆的渲染，更顯得波瀾壯闊。但由於李白善於利用奇想，以馳騁筆下的自然景物，故往往使人忽略隱藏在奇想背後的真正意思。事實上，他是以浮雲說讒佞，以日昏月蝕說國運，以白雪喻淫亂，以曲道喻仕途，以冰川指阻塞，以長風指愁緒。因此他「欲渡黃河冰塞川，將登泰山雪滿山」（〈行路〉）、「燕山雪花大如席，片片吹落軒轅臺」（〈北風行〉）、「長風幾萬里，吹渡玉門關」（〈關山月〉）等等，都不是單純的寫景或詠物，而是隱藏著個人的失志，與對國家的哀時。如他傳誦千古的〈蜀道難〉，更可以從中看出，不僅是寫攀登蜀道的艱難，還有隱藏著對朝廷的控訴。但也因他是透過自然景物的奇思遐想，以寄意比興，因此是單純的寫景，抑是寄諷的比托，歷來引起不少爭議。

> 蜀道之難，難於上青天。蠶叢及魚鳧，開國何茫然！爾來四萬八千歲，不與秦塞通人煙。西當太白有鳥道，可以橫絕峨眉巔。地崩山摧壯士死，然後天梯石棧相鉤連。上有六龍迴日之高標，下有衝波逆折之回川。黃鶴之飛尚不得過，猿猱欲度愁攀援。青泥何盤盤！百步九折縈巖巒。捫參歷井仰脅息，以手撫膺坐長嘆。

從人煙的阻塞、壯士的死難、六龍的迴日、衝波的逆折、黃鶴的怨

飛、猿猱的愁攀等，以極盡鋪寫蜀道的百步九折，縈迴難行。沈德潛評說：「太白七古想落天外，局自生變。大江無風，波浪自湧。白雲從空，隨風變滅。」〔註33〕可見李白在描寫自然景物上的奇想遐思，遠非一般常人可及。而在詩末的「所守或匪親，心為豺與狼。朝避猛虎，夕避長蛇。磨牙吮血，殺人如麻。錦城雖云樂，不如早還家。」則借著守關者的豺狼性格，將李白畏途懼讒的心情，完全烘托出來。

　　龔自珍在自然景物的「幽情麗想」，也受到李白一定程度的影響。他以「秋氣不驚堂內燕，夕陽還戀路旁鴉」諷刺世人的沉酣，以「東鄰耆老難為妾，古木根深難為花」，哀傷盛世的難再，以「一山突起邱陵妒，萬籟無言帝坐靈」，說明當道的排擠，以「斗大明星爛無數，長天一月墜林梢」，慨歎人才的不遇，以「叱起海紅簾底月，四廂花影怒于潮」，發抒胸中的鬱勃，以「落紅不是無情物，化作春泥更護花」，宣稱自己濟世之心的不死。而他的〈能令公少年行〉，更是借著自然景物的「奇許相借錯許攻」，以色彩濃重的辭藻，音韻鏗鏘的字句，鋪造渲染出一個「十年不見王與公，亦不見九州名流一刺通」的桃源世界，而與李白的「爾來四萬八千歲，不與秦塞通人煙」，有著異曲同工之妙：

> 十年不見王與公，亦不見九州名流一刺通。其南鄰北舍誰與相過從？疴丈人石戶農，嶔崎楚客，窈窕吳儂，敲門借書者釣翁，探碑學搨者溪僮。賣劍買琴，鬥瓦輸銅，銀針玉薤芝泥封，秦疏漢密齊梁丌，佉經梵刻著錄重，千番百軸光熊熊，奇許相借錯許攻。應客有玄鶴，驚人無白驄，相思相訪溪凹與谷中，採茶采藥三三兩兩逢，高談俊辯皆沉雄。

詩中從天光海景，寫到人間仙境，形象繁複、多姿、青蜂、玉簫、金鎗、玄鶴、白驄、丹楓、紫蟹、白雲、王公、名流、碑搨、劍琴、瓦

〔註33〕同註29，頁203。

銅、佉經、梵刻、宮角等，皆在其如椽大筆下，任意驅遣，正如他詩句中的「吳歈楚詞兼國風，深吟淺吟態不同」一樣，迢遞險怪，清峻鏗鏘，如江海之波，一波未平，一波又起，充分顯露他在自然景物上的「幽情麗想」，是如何地豐富驚人。而與〈能令公少年行〉同樣馳騁連類不盡的想像，亦見於〈西郊落花歌〉：

> 如錢唐潮夜澎湃，如昆陽戰晨披靡，如八萬四千天女洗臉
> 罷，齊向此地傾胭脂。奇龍怪鳳愛漂泊，琴高之鯉何反欲
> 上天為？玉皇宮中空若洗，三十六界無一青娥眉。又如先
> 生平生之憂患，恍惚怪誕百出難窮期。

一樣的落花景象，是海潮的澎湃，也是戰況的披靡，是無數天女的齊倒胭脂，也是漂泊成性的奇龍怪鳳，是塵空若洗的玉皇宮中，也是自己恍惚怪誕的平生憂患。借著奇特的想像，驅遣不斷相攜排闥而來的意象，以寄寓自己逃空遁虛的不平之處。

　　由以上的討論，可以看出李白無論抒寫神仙幻境，或人間奇景，其形象的雄偉壯闊，氣勢的磅礡儡人，色彩的繽紛絢爛，都有令人一新耳目之感。《唐宋詩醇》說他的詩「風雨爭飛，魚龍百變」、「白雲從空、隨風變滅」，陳繹曾《詩譜》也說他「善掉弄造出奇怪，驚動心目，忽然撇出，妙入無聲」〔註34〕，正好點出他善於馳騁連類不盡的豐富想像力，是這些特色的大本源。而龔自珍「雄奇哀豔」的詩風，正是在擷取李白的奇想遐思之後，所展現出來的「幽情麗想」。新安程金鳳女士以「不世之奇材與不世之奇情」，評說龔自珍其人，而以「變化從心，倏忽萬匠，光景在目，欲捉已逝，無所不有，所過如掃」，評說龔自珍其詩，說明龔自珍創作的最大特色，是在他的「幽情麗想」方面。

二、縱橫以歌行

　　龔自珍在體裁方面，也受到李白很深的影響。尤其他的歌行，

〔註34〕同註29，頁1873。

更有李白深深烙下的痕跡。歌行，是出自離騷及樂府的一種體裁，它的「大小長短，錯綜闔闢，素無定體，故極能發人才思。」〔註35〕李白的傾全力創作歌行，使它在唐朝，幾乎成為與古詩、律詩、絕句等並駕齊驅的形式。他不僅將它從初唐的輕柔靡麗中解救出來，恢復了它原本的雄健與自由，還以詩騷的比興，與屈原、莊子的幻想，豐富了它的內容及辭采，使歌行在他的手中，呈現空前未有的氣勢與波瀾。明胡應麟所認為歌行所應具備的性質，實際上是自李白開始。後代詩評家們有關歌行的定義，也大多是根據李白的作品歸納得來的。而李白一生三入長安，三出長安時所創作的作品，也都是出之以歌行體。如〈蜀道難〉之於第一次入長安，〈夢遊天姥吟留別〉之於第二次入長安，〈遠別離〉之於第三次入長安。這三首詩，都是李白足以傲視群倫的作品，也都是他一生關鍵時刻的主要作品。這些情形，足可說明歌行在李白所有作品中的份量，是如何的重要——〔註36〕《藝苑卮林》說：「其歌行之妙，詠之使人飄飄欲仙者，太白也」、「五七言絕，太白神矣，七言歌行，聖矣」、「太白筆力變化，極於歌行。」〔註37〕

　　龔自珍在歌行體方面的步武李白，是顯而易見的。無論在筆法上的捭闔開合，在聲調上的雄峻鏗鏘，在形象上的迢遞險怪，在鋪敘上的情景錯綜，在體製上的參差奇偶，都可以看出龔自珍努力吸收李白的養分的痕跡。

1、捭闔開合以縱橫

　　龔自珍在歌行體方面，所受李白的影響，首先是在筆法上的捭闔開合，以馳騁其汪洋恣肆的氣勢。而李白這樣的特徵，主要是從莊子與屈原那裡學習來的。徐而庵在《說唐詩》說：「蜀道之難難於上青天，篇中凡三見，與莊逍遙篇同。吾嘗謂作古詩長篇須讀莊子、史記，

〔註35〕同註29，頁1878。
〔註36〕同註30，頁30。
〔註37〕同註29，頁1868。

子美歌行純學史記，太白歌行純學莊子。」徐氏的說法，似乎忘了屈
原的影響。劉熙載在《藝概》一書中，論及莊、屈時就說：「文之神
妙，莫過于飛，莊子之言鵬曰『怒而飛』，今觀其文，無端而來，無
端而去，殆得飛之機者，烏知非鵬之學爲周耶？」又說：「〈離騷〉東
一句，西一句，天上一句，地上一句，極開闔抑揚之變。」〔註38〕而
這種無端而來，無端而去，忽上忽下的情形，確也是李白歌行中的主
要特徵之一，可見莊、屈都是李白歌行的學習對象。龔自珍因體製上
的一致，故直承李白，而遠紹莊、屈。

　　關於李白歌行體在筆法上的傑出特色，前人都曾論及。如胡應麟
說他「闔闢縱橫，變化超忽，疾雷震電，淒風急雨。」范德機說他「波
瀾開合，如江海之波，一波未平，一波復起。沈德潛說他「筆陣縱橫，
如虯飛蠖動，起雷霆乎指顧。」趙翼也說他「神識超邁，飄然而來，
忽然而去，不屑屑於雕章琢句，亦不勞於鏤心刻骨，自有天馬行空，
不可羈勒之勢。」〔註39〕李白的這些特色，主要是運用句與句之間的
錯綜安排，使辭氣有「斷如復斷，亂如復亂」的矯健之態，再加上連
續排比復疊的修辭手法，使整篇歌行，在捭闔之際，另有一股排山倒
海的壯闊波瀾，龔捲而來。如〈蜀道難〉詩中，前後三次間隔出現的
「蜀道之難，難於上青天」，在整篇中，負有斷而續的連接作用；再
加上「上有六龍迴日之高標，下有衝波逆折之回川。黃鶴之飛尚不得
過，猿猱欲度愁攀援」、「但見悲鳥號古木，雄飛雌從繞林間。又聞子
規啼，夜月愁空山。」、「連峰去天不盈尺，枯松倒掛倚絕壁。飛湍瀑
流爭喧豗，砅崖轉石萬壑雷。」一連串忽上忽下的排比，使得整首歌
行在搖蕩開合之中，如兵家之陣，縱橫變化，不可捉摸。其它如〈將
進酒〉、〈天馬歌〉、〈夢遊天姥吟留別〉、〈廬山謠〉等，都是巧用捭闔
的筆法，以造成縱橫錯綜，雄壯矯健的風俗。

〔註38〕徐而庵《說唐詩》，同註29，頁1885。

〔註39〕同註29，頁1877；趙翼《甌北詩話》，收入郭紹虞《清詩話續編》，
　　　　木鐸出版社，頁1139。

　　龔自珍在歌行的創作上，也學習了李白的轉折變化與開合自如。如〈行路易〉就頗得李白在筆法上，有連有斷，收放自如的幻化壯闊之妙。「東山猛虎不吃人，西山猛虎吃人，南山猛虎吃人，北山猛虎不食人」，與「袖中芳草豈不香？手中玉塵豈不長？中婦豈不姝？座客豈不都？」開頭一連串忽東忽西，忽天忽地的排比，首先為全詩造成不凡的氣勢。其後又以「江大水深多江魚」與「我欲食江魚，江水澀喉嚨，魚骨亦不可餐」的忽正忽反，表現若整若亂，時斷時續的一系列變化。接著就放筆大力描寫自己的「冤曲復冤曲」，有如龍蛇蟠繞喉舌，有如一步一荊棘，有如大藥不療的膏肓之疾，與屏長一尺的鼻涕。在重重變化中，緊而不塞，密而能和。其後又是一連串的排比複疊，如「汝以白晝放歌為可惜，而乃脂汝轄；汝以黃金散盡為復來，而乃鞭其脢。紅玫瑰，青鏡台，美人別汝光徘徊。腷腷膊膊，雞鳴狗鳴；淅淅索索，風聲雨聲；浩浩蕩蕩，仙都玉京。蟠桃之花萬丈明，淮南之犬彳亍行。」而詩末的「不如武皇階下東方生」與「玉體須為美人惜」，又在忽古忽今之中，造成開合縱橫的氣勢。龔自珍這首〈行路易〉的波瀾開合，跌宕縱橫，很明顯地，可以看出是他學習李白的結果，但李白因才氣太橫，落筆時，往往不閑整栗的情形，在龔自珍身上也可看見得到。但也正因為如此，龔自珍在歌行上，纔能忽上忽下，無有端倪，極盡開闔抑揚，縱橫筆法的能事。

2、迢遞險怪以縱橫

　　龔自珍的歌行，除了在筆法上，學習李白的捭闔縱橫外，在形象構思上的迢遞險怪，也頗得力於李白的啟發。李白因在個性上的擺脫任何羈絆，任性而為，使得他歌行中的形象構思，變幻超忽，難以捉摸，甚至不時有奇險譎怪的情形出現。《藝圃折中》就說他是「詩中龍也，矯矯焉不受約束。」陳繹曾《詩譜》也說「郭璞構思險怪，而造語精圓，李、杜精奇處皆取此。」而孫覿認為李白詩風的疏宕有奇氣，是因為他「周覽四海名山大川，一泉之旁，一山之阻，神林鬼冢，

魑魅之穴，猿猱所家，魚龍所宮，往往遊焉」的結果。〔註40〕豐富多采的經歷，是李白歌行中，形象構思的一大資源，再因才氣太橫，而造成他馳騁險怪，迢遞縱橫的歌行風格。這種情形，從他〈梁甫吟〉中的「高陽酒徒起草中，長揖山東隆準公！入門不拜騁雄辯，兩女輟洗來趨風。東下齊城七十二，指揮楚漢如旋蓬」，「猰貐磨牙競人肉，騶虞不折生草莖。手接飛猱搏彫虎，側足焦原未言苦。」〈蜀道難〉中的「蠶叢及魚鳧，開國何茫然！爾來四萬八千歲，不與秦塞通人煙。」，「連峰去天不盈尺，枯松倒挂倚絕壁。飛湍瀑流爭喧豗，砅崖轉石萬壑雷。」，「一夫當關，萬夫莫敵。所守或匪親，化爲狼與豺。朝避猛虎，夕避長蛇。磨牙吮血，殺人如麻。」及〈夢游天姥吟留別〉中的「海客談瀛洲，煙濤微茫信難求」，「千巖萬轉路不定，迷花倚石忽已暝。熊咆龍吟殷巖泉，慄深林兮驚層巔。」可見一斑。

　　在龔自珍方面，他爲經營「天地東西南北之學」，曾「搜討典籍」，「貫串百家」，遊歷南北各地，《全集》中〈說京師翠微山〉等一系列的記遊文章，就是他豐富閱歷的一部分紀錄。這樣的經驗，使他能像李白一樣，有著蘊藏豐富的資料庫，任他予取予求，不虞匱乏。再加上他善於學習的長處，使他的歌行，在形象的構思方面，同李白一樣，有著迢遞險怪的特色。如〈行路易〉中的「人不足，盰有餘，夏父以來目矍矍。我欲食江魚，江水澀喉嚨，魚骨亦不可餐；冤曲復冤曲，果然龍蛇蟠我喉舌間，使我說天九難、說地九難、跟蹌入中門。中門一步一荊棘，大藥不療膏肓頑，鼻涕一尺何其屟？」〈奴史問答〉中的「包山老龍饞不得歸，談破長安萬張口。萬張口奴皆聞之，奴能算天九，算地九，能使梭化龍而雷飛，石赴波而海走；又能使大荒之山麒麟之角移贈狗。」及〈僞鼎行〉中的「佹離疥癩百醜千怪如野干形，厥怒虎虎不鳴如有聲。然而無有頭目，卓午不受日，當夜不受月與星；徒取雲雷傅汝敗漆朽壞，將以盜犧腥。內有饕餮之饞腹，外假渾

〔註40〕同註29，頁 1859、1860、1866。

沌自晦逃天刑。四凶居其二,帝世何稱」等都是。但由於在時代堂廡上,龔自珍所處的時代,遠不及李白的唐代恢宏,且晚清的風雲變化,更有甚於安史之變時的唐朝;故龔自珍在形象的構思上,其迢遞高遠,顯然不及李白,而奇險譎怪,則有過之。這一點可以說明,儘管作者是自覺地學習前人的成果,但往往又在不自覺中,受到更大環境的左右。

3、參差奇偶以縱橫

晚清黃遵憲在〈人境廬詩草自序〉中,曾提出「以單行之神,運排偶之體」的主張。在〈雜感〉詩中,也說「儷語配華葉,單詞畫蚯蚓;古今辨詩體,長短成曲引。」黃氏的意思,實際上就是劉勰在〈文心雕龍・麗辭〉一篇中所說的「迭用奇偶」。〔註41〕一般地說,單行散句寫詩,適合表現飛動之美;而排偶儷句,則適合寫景狀物的空間鋪排。兩者各有對方達不到的優點;因此,巧妙地交錯迭用,就能使詩體本身有著奇偶參差的縱橫之美。李白的歌行,在修辭的表達手法上,就能很明顯的看出這個特點。

李白在歌行中,一開頭往往習慣使用單行散句,借著一發不可收拾的排山倒海之勢,以象徵自己心中一股衝動,無法遏抑的情感。這種修辭手法的好處,是在詩的起處,即能突兀高運,如狂風捲浪一般,造起一股亟欲滔天的氣勢,以便接下的詩句,能夠隨勢攀援而上,鋪寫成既高且奇,叫人驚絕的詩篇。否則,詩的起勢一弱,就很難在中間部分,再圖振起詩勢。如此,也就難有縱橫恣肆的詩篇了。龔自珍的歌行,於起處,也往往使用這樣的手法,以達到同樣高漲不已,亟待宣洩的情感表達。這種手法上的同工之妙,祇要將二人的詩句列舉比對,就可看出龔自珍步武李白的痕跡。如〈將進酒〉:

> 君不見,黃河之水天上來,奔流到海不復回;君不見,高

〔註41〕黃遵憲〈人境廬詩草・自序〉,上海古籍出版社,1981 年 6 月,頁 3。

　　高堂明鏡悲白髮，朝如青絲暮成雪。

〈遠別離〉：

　　遠別離，古有皇英之二女，乃在洞庭之南，瀟湘之浦。

〈蜀道難〉：

　　噫吁兮，危乎高哉！蜀道之難，難于上青天。

〈日出入行〉：

　　日出東方，似從地底來。歷天又入海，六龍所舍安在哉？
　　其始與終古不息，人非元氣，安得與之久徘徊？

〈梁甫吟〉：

　　長嘯梁甫吟，何時見陽春？君不見，朝歌屠叟辭棘津，八
　　十西來釣渭濱！

以上是李白以單行散句起勢的例子。

　　〈能令公少年行〉：

　　　蹉跎乎公！公今言愁愁無終。公毋哀吟娅奼聲沉空，酌我
　　　五石雲母鍾，我能令公顏丹鬢綠而與年少爭光風，聽我歌
　　　此勝絲桐。

〈辨仙行〉：

　　噫嘘！臞仙之臞母乃貧，長卿所賦亦失眞。

〈西郊落花歌〉：

　　西郊落花天下奇，古來但賦傷春詩。西郊車馬一朝盡，定
　　盦先生沽酒來賞之。

〈偽鼎行〉：

　　皇帝七載，青龍麗於丁，招搖西指，爰有偽鼎爆裂而砰訇。

〈常州高材篇，送丁若士〉：

　　丁君行矣龔子忽有感，聽我擲筆歌常州。

以上是龔自珍在歌行中，以單行散句起勢的情形。顯然，由上面所
舉幾個較具代表性的例子，就可以看出龔自珍在歌行的開頭，往往
出之以單行散句，以達到表現感情洶湧澎湃的目的，是學習李白的
結果。

其次，在歌行中間部分，李白亦習慣借著單行筆法，或明或暗，以馳騁排偶之體，形成群山糾紛的景觀。爲起勢時，即呈現的高峰，增加推波助瀾的作用。這在龔自珍的歌行中，亦可見到相同的情形。

〈蜀道難〉：

> 上有六龍回日之高標，下有沖波逆折之回川。黃鶴之飛尚不得過，猿猱欲度愁攀援。

〈日出入行〉：

> 草不謝榮於春風，木不怨落於秋天。誰揮鞭策驅四運，萬物興歇皆自然。

〈遠別離〉：

> 日慘慘兮雲冥冥，猩猩啼煙兮鬼嘯雨，我縱言之將何補？皇穹竊恐不照余之忠誠，雷憑憑兮欲吼怒。

以上，是李白以單行之神，運排偶之體的例子。

〈能公少年行〉：

> 應客有玄鶴，驚人無白鷴，相思相訪溪凹與谷中，采茶采藥三三兩兩逢，高談俊辯皆沈雄。

〈西郊落花歌〉：

> 如錢唐潮夜澎湃，如昆陽戰晨披靡；如八萬四千天女洗臉罷，齊向此地倒胭脂。

〈儗鼎行〉：

> 佢離疥癩百醜千怪如野干形，厥怒虎虎不鳴如有聲。然而無有頭目，卓午不受日，當咽不受月與星；徒取雲雷傳。

〈常州高材篇，送丁若士〉：

> 奇才我識惲伯子，絕學我識孫季逑，最後乃識掌故趙，獻以十詩趙畢酬。

以上，是龔自珍以單行之神，運排偶之體的例子。從歌行中間部分的化法，同樣可以看出龔自珍努力學習李白的痕跡。

最後，在歌行的結尾處，李白與龔自珍亦往往採用單行的散句，以表現言有盡而意無窮的餘韻。在嘎然聲止之中，既能乾脆俐落，又

能留下綿邈的感覺。如李白〈蜀道難〉：

> 蜀道之難，難於上青天！側身西望長咨嗟！

〈夢游天姥吟留別〉：

> 安能摧眉折腰事權貴，使我不得開心顏！

〈遠別離〉：

> 蒼梧山崩湘水絕，竹上之淚乃可滅。

〈日出入行〉：

> 吾將囊括大塊，浩然與溟涬同科。

在龔自珍則表現爲〈奴史答問〉：

> 奴不信主人行藏似誰某。

〈西郊落花歌〉：

> 安得樹有不盡之花更雨新好者，三百六十日長是落花時。

〈偽鼎行〉：

> 吁！寶鼎而碎則可惜，斯鼎而碎兮於何取榮名？請觀龔子
> 偽鼎行。

〈常州高材篇，送丁若士〉：

> 噫！才人學人一散人海如鶿鷗，明日獨訪城中劉。

　　由於歌行的格律，較一般詩歌體裁寬鬆許多，故能提供才大氣橫的詩人，更大馳騁的空間，因而在迭用奇偶的手法上，也就有更大的靈活性；而其所展現的參差縱橫之勢，也就更爲其他詩歌體裁，所難攀躋得上。自古以來，李白是最突顯的例子。因此，龔自珍大部分的歌行，在以單行散句，馳騁排偶之體上，也就朋受到李白最大的啓示。不僅詩的開始，即出之以單行散句，以表現自己一發不可收拾的澎湃感情。接下，中間部分的鋪寫排比，亦如同李白一樣，以單行之神，運排偶之體。使其詩篇在奇偶的交錯更迭中，顯出參差縱橫的氣勢。而詩末的結尾，又常以單行散句作結，以表現無盡的情思，亦與李白如出一轍。使得他的歌行，無論在音韻，或者意韻上，都有著李白一樣縱橫而流動的美感存在著。這是他繼承李白的證據，也是他善於學習李白的結果。

4、錯綜長短以縱橫

歌行在體製上，因大有別於一般詩歌，故能任古今才人極馳騁之致。它可以是五言、七言，也可以是長短句。尤其是它的長短句，短可以僅有一、二言，長則可以達九言、十言，甚至十言以上。因此，它往往「忽疾忽徐，忽翕忽張，忽停瀠，忽轉制，乍陰乍陽，屢遷光景，莫不有浩氣鼓盈其機，如吹萬之不窮，如江河之滔漭而奔放。」〔註42〕

李白在歌行中，就能充分掌握它體製上的優點，無論短言，或長句，皆能千變萬化，群動爭奔。胡應麟在《詩藪》中，就說：「古詩窘於格調，近體束於聲律。唯歌行大小短長，錯綜闔闢，素無定體，故極能發人才思。李、杜之才不盡於古詩而盡於歌行。」徐禎卿的《藝苑卮言》中，也有類似的看法。〔註43〕

李白在驅遣歌行的長短句時，往往配合著句式長短的參差運用，以寫景狀物，或是暗示情緒的起伏。如〈蜀道難〉一開始的「噫吁嚱！危乎高哉！蜀道之難，難於上青天。」即用三四四五的句式，在先疾後徐的語氣裏，點出蜀道的漸行漸難。然後以五七言的句式，乘勢攀登，在高聳插天的頂峰時，再以兩句九言的「上有六龍迴日之高標，下有衝波逆折之回川」，再度回應詩開頭所言的「難於上青天」。其後，又以七言的整齊句式，舖排畏途巉岩的鳥獸，從旁突顯蜀道的艱難。最後，在總結時，則以五言、十一言的「其險也若此，嗟爾遠道之人胡爲乎來哉」的長句，象徵無可如何的長嘆。

又如〈將進酒〉這首詩，李白先以「君不見，黃河之水天上來，奔流到海不復回！君不見，高堂明鏡悲白髮，朝如青絲暮成雪！」重覆兩次的三七七句式，以強調的口吻，爲即將出現的詩旨開路。接著，則以七言的句式，舖排「人生得意須盡歡」的中心意念。而其中

〔註42〕沈德潛《說詩晬語》，收入丁福保《清詩話》，明倫出版社，1971年2月，頁1535。
〔註43〕同註29，頁1878、1868。

出現三三五句式的「岑夫子，丹丘生，進酒君莫停。」係借著語氣的
急促，加強催促及時行樂的意念。而詩後半段的部分，則重覆循環
前面七言句式鋪排的型態，於迴旋不已的語氣中，表達任達放浪的
情緒。

　　龔自珍的歌行，除了在筆法、形象及氣勢方面，努力向李白學習
之外；在體製上，也汲取李白善於驅遣長短句的長處，巧妙地運用在
自己的創作中。今人朱傑勤甚至認爲，龔自珍在這方面的「舉重若
輕」，即連李白、李賀等人，有時亦不免縮手。〔註 44〕可見，龔自珍
馳騁歌行的才力之大。事實上，從他作品中的一些例子來看，也頗有
欲超越李白的藩籬，而自立門戶的態勢。如〈奴史答問〉中，長短句
的參差錯綜，幾乎已到了令人眼花亂的地步。有二言的「奴言」，三
言的「出無車」、「入無姝」，四言的「朝蕘一厄」、「暮蕘一杓」，五言
的「朝誦聖賢文，夕誦聖賢文」，六言的「主人朝臕夕腴」、「石赴波
而海走」，七言的「五百學士偷文詞」、「四七辨士記崖略」，八言的「包
山老龍饞不得歸」、「能使梭化龍而雷飛」，九言的「長安無客不踏主
人門」、「不知主人誰喜誰所嗔」，十言的「奴不信主人行藏似誰某」，
十一言的「尚不見主人之眉髮美與醜，惟聞喃喃呢呢朝誦見葉文」，
十四言的「又能使大荒之山麒麟之角移贈狗」。借著主奴二人的一問
一答，將短僅二言，長達十四言的長短句式，馳騁得有如神差鬼使一
般的縱橫交錯，令人不禁爲之咋舌！

　　又如〈行路易〉中，先以較整齊的七五言句式，一連交叉鋪排十
三個句子，以爲自己的冤屈造勢。接著，用三三七言與五五七言的句
式，逐漸昇高心中的憤恨，以引出糾結纏繞如荊棘的冤屈；終在一句
出之以九言的「果然龍蛇蟠我喉舌間」出現時，達到全詩的高峰。隨
後，則乘勢以三至七言的長短句，交疊使用，以表達自己莽莽蒼蒼，
無終無極的冤屈。然後，以一句「臣豈不如武皇階下東方生」的十一

<hr>

〔註44〕見朱傑勤〈龔定盦研究‧詩人龔定盦〉，臺灣商務印書館，1972 年 3
　　　月，頁 92。

言長句，為自己的無可挽救的遭遇，發出千古的喟嘆。但在詩末，則又連續排比四個三言短句，三個七言長句，如巨浪陡然昇起一般，證明自己壯志不滅的決心。龔自珍在為袁通寫的序中，曾說「短言之欲其烈，長言之欲其淫裔」，從這一點來看，對於他歌行中，所馳騁的每一長言短句，其背後所隱藏的感情性質，似乎也可以抱著這樣的看法。

5、虛實相濟以縱橫

除以上所列數點外，龔自珍還學習了李白借著虛實的相濟，以達到縱橫歌行的修辭手法。所謂虛實，指的就是情景。一般大概的分法是，以景物為實，以情思為虛；以詠史為實，以遊仙為虛。但這也祗是傾向上的分法。事實上，詩的表現，往往是實中有虛，虛中有實，很難在二者之間劃一界線。因此，虛實雖是兩端，郤可以齊通為一。重要的是，看詩人本身如何驅遣，以達到「一以貫之」的境界。

一般的討論中，都認為李白詩歌的特點，是虛。如胡應麟《詩藪》說：「李白星懸日揭，照耀太虛。」袁宏道〈答梅客生開府〉也說：「李白能虛」。甚至有人認為李白萬景皆虛。〔註45〕雖從「詩仙」、「飄逸」等後人對他的評語來看，也都說明了這一傾向。但此一傾向的形成，與李白的崇信道教，及師承莊子的思想淵源與藝術淵源，有很大的關係。他不僅嚮往翱翔九萬里的大鵬，也歌誦藐姑射山上，餐風飲露的神人。但儘管他常常借著虛擬與想像的修辭手法，飄然而來，忽然而去的，創造出虛無空靈的妙境，卻並不就意味著李白的「萬景皆虛」？

在李白的歌行中，〈蜀道難〉與〈夢游天姥吟留別〉兩首詩，是呈現虛無空靈的最佳例子。在〈蜀道難〉中，李白「想落天外，局自生變」，「筆陣縱橫，如虯飛蠖動，起雷霆乎指顧。」在〈夢游天姥吟

〔註45〕轉引自覃召文《中國詩歌美學概論》，頁 201。

留別〉中，李白「托言夢游，窮形盡相，以極洞天之奇幻。」〔註46〕
但是這些並不是純粹虛擬的幻影，而是積澱著他豐富多樣的現實生活
內容。他的〈蜀道難〉，是以實爲虛，化景物爲情思，是寫物化了的
心靈。李白的用意，是言在景物而意在情思，看似寫景而實爲抒情。
這樣的融情入景，借景抒情，不僅寫活了景物，也烘托出鮮明的情
思。而他的〈夢游天姥吟留別〉，則是以虛爲實，化夢境爲現實，是
寫心靈化了的事物。詩人的用意，是言在夢境而意在人間，看似遊仙
而實爲人間。這樣的融實入虛，以虛筆描寫實景，不僅刻畫了虛無迷
茫的夢境，也襯托出君側難侍的人間。李白能夠以實爲虛，以虛寫
實，將虛實二者融而爲一，達到相濟相生的地步。這是他歌行得以縱
橫馳騁的因素之一。層緯說：「顧詩有虛有實，有虛虛，有實實，有
虛而實，有實而虛，並行錯出，何可端倪？」〔註47〕這也是李白歌行，
至今仍特別受人玩味不已的原因。

　　龔自珍在馳騁虛實的修辭手法方面，也努力學習李白的長處。
他在歌行上的表現，也應該適合「能虛」這樣的評語。他曾以「飛
仙」、「雲中仙鶴」、「奇逸」自喻，而後人也每以「飛仙劍客」一詞，
譬況他的人與詩，多少可以看出這種傾向來。他在〈袁通長短言序〉
中說：「譎言之欲其不信，謬言之欲其來無所從，去又無所至也。」
這種「譎言」與「謬言」的修辭特徵，又是構成詩歌中具有虛幻空靈
的主要手法之一。而這一傾向的形成，與他崇信佛教，近承李白，遠
紹莊、屈的思想淵源與藝術淵源，有很大的關係。他不僅歌誦美人名
士，與燕鄭俠子，而且讚美佛經的清詞灑灑。也因此，他往往透過
「幽情麗想」，無端而來，無端而去，創造出「光景在目，欲捉已逝，
無所不有，所過如掃」的藝術特徵。但這也同樣不能意味著龔自珍祇
單純的追求惝恍空靈之美？何況他還有濃厚的經史性格。但這並非是
他師承李白歌行的主要部分。

─────────────

〔註46〕同註29，頁203。
〔註47〕同註29，頁1873。

在龔自珍的歌行中，能作為展現空靈妙境的典型的，有〈西郊落花歌〉、〈能令公少年行〉、〈行路易〉等幾篇。這些詩篇中，不僅有著詩人豐富的虛擬性以及想像性的內容，還有著詩人本身顯著突顯的個性與感情。它們看似透徹玲瓏，實際上卻是有著龐大得難以穿鑿、無法言詮的想像空間。它們有時令人目不暇給，有時則令人為之心神嚮往。但它們並不是龔自珍心中的浮雲幻影。它們被虛擬的身影，實際上是龔自珍叛逆精神的折射。而這一折射，是奠基在他一生飄零如落花的身世上，纔產生作用的。如他的〈西郊落花歌〉，整篇的詩旨，應是以實寫虛，化景物為情思，是寫物化了的心靈。詩中的落花，是大自然的落花，更是詩人落花一般飄零的身世。但詩中的天女齊倒胭脂，與奇龍怪鳳的性喜漂泊，是借著描寫落花，影射詩人自己，是以虛寫虛。而「又如先生平生之憂患」一句，則是以實寫實。龔自珍這樣的虛實相濟，不僅寫活了落花的繽紛，也突顯了自己恍忽怪誕的憂患身世。而他的〈行路易〉，則是借著虛擬的神仙幻境，描寫活生生的現實人間，是以虛筆寫實景，化仙境為人間，是寫心靈化了的事物。詩人的用意，表面上是寫仙境的荊棘遍佈，實際上是說人間的寸步難行。不僅借著幻想，構築出一個光怪陸離的神仙世界，也鮮明深刻的表達了對人世間的憤恨不平。

三、雄奇以飛動

除了前面兩大部分，所討論的之外，龔自珍在藝術風格上，還具體而微的繼承了李白的雄奇飛動。他在寫詩弔舅父段右白時，就為自己年少創作的風格，下過「哀艷雜雄奇」的評語。詩文部分雖已散佚，無從參照舉證。但從他在三十二歲時，所刊印的幾本年少詞作來看，其風格亦大抵如此。而在後人的論詩絕句中，如姚錫均的「艷骨奇情獨此才」，及柳亞子的「飛仙劍俠古無儔」、「只愁孤負靈簫意」等，〔註48〕更將其一生的人格與風格，概括在「雄奇哀艷」四個字上。

〔註48〕轉引自《資料集》，頁237、234。

說明龔自珍不僅年少時如此，終其一生的主要創作風格，亦是如此。
而其中造成龔自珍之所以雄奇的因素。固然很多，但是與他努力步武
李白的態度，則是不容忽視的原因之一。

　　雄奇飛動，是李白詩歌藝術的主要風格。嚴羽的《滄浪詩話》就
說：「子美不能爲太白之飄逸，太白不能爲子美之沉鬱。」〔註49〕飄
逸的長處，是在雄奇之中，有一份飛動之勢。短處則是因爲缺之了深
沉凝重，有時往往失之浮露。李白之所以雄奇飛動，其因素自然不少。
但他個人性格氣質上的「劍俠本色」、「豪傑氣質」與「謫仙風貌」，
及受時代元氣的恢宏鼓蕩，應是主要的因素。作爲雄奇飛動的藝術風
格，就其情感言，是曼衍的；就其形象言，是虛擬的；就其意境言，
是壯闊的；就其筆觸言，是揮灑的；就其聲調言，是高亢的。而龔自
珍的創作，終其一生，在情感上，是血性淋浪的；在想像上，是迷漫
惝恍，充滿靈氣的；在格律上，是不閒整栗的。他既喜歡夜讀奇文，
又愛好飲酒結客。他「白日青天奮臂行」的狂氣，復因衰世危時，天
地閉塞，所鼓蕩激越而出的悲憤元氣，使他在字裡行間，更是充滿了
酸辣了氣與風雷之聲。這就有了雄奇飛動的意味，而使他在藝術風格
的陶鑄上，能夠直接接受李白的影響。

　　1、就情感言

　　關於作者情感與藝術風格之間的關係，明徐禎卿的《談藝錄》曾
作過這樣的分析：「朦朧萌坼，情之來也；汪洋漫衍，情之沛也；連
翩絡屬，情之一也。」〔註50〕所以，當風格所呈現的是雄奇飛動時，
作品中的客觀圖景，往往飽含著作者如秋水一般汪洋萬頃的情感。而
同時間，它也寄寓著作者宏偉的胸襟，與昂揚奮發的神采。如李白的
〈公無渡河〉：

　　　黃河西來決崑崙，咆嘯萬里觸龍門。波滔天，堯咨嗟，大

───────────────

〔註49〕同註29，頁1865。
〔註50〕徐禎卿《談藝錄》，收入丁福保《歷代詩話》，漢京文化事業有限公
　　　　司，1983年1月，頁767。

　　　　禹理百川，兒啼不窺家。殺湍埋洪水，九州始蠶麻。

這裡所抒發的，不僅是黃河咆嘯怒吼的雄壯景觀，更是李白個人內在生命力的狂飆奔進，與堯禹一般，以蒼生為念的崇高理想。胡應麟《詩藪》評為「詞氣太逸，自是太白話。」〔註51〕可見其雄奇飛動之一斑。

　　龔自珍在這方面，也承繼了李白的優點，以內在豐沛的生命力為描寫的對象，將自己感情的雄肆奔放，與經世之志的蓬勃鬱怒，和壯闊的景物融而為一。如壬午編年詩〈十月廿夜大風，不寐，起而書懷〉：

　　　　西山風伯驕不仁，虓如醉虎馳如輪；排關絕塞忽大至，一
　　　　夕炭價高千緡。城南有客夜兀兀，不風尚且淒心神。

這裡，李白詩中決崑崙、觸龍門，咆嘯萬里的黃河，變成竟夕狂奔如醉虎，急駛如車輪，排關絕塞而至的大風。它的驕縱無垠，象徵著貴人飛語的蠻橫粗暴，也飽含了龔自珍滿腔因壯志難伸所噴薄而出的鬱怒與怨憤。金聖歎《杜詩解》就是說：「從來大境界，非大胸襟不易領略。」〔註52〕龔自珍在詩歌的藝術境界方面，與李白當然有高下之分，但是龔自珍在吸收李白的雄奇飛動，以成就自己風格的同時，他也必定擁有一份不容後人忽視的浩瀚胸襟，纔能使他在脫離學習李白的階段後，還能保有像李白一樣雄奇飛動的風格。

　　2、就意境言

　　雄奇飛動的特徵，往往還表現為作品意境的壯闊與作者精神的凝聚相結合。情感漫衍，胸襟浩瀚的詩人，即使在面對一個遙遠神話的莽蒼壯闊時，往往也會專注凝神，想落天外，興寄八荒，奇肆奔放，乃至於勢不能已。這就造成了他們在意境上，能雄且奇，並兼具了飛動的特色。因為胸襟的浩瀚，所以能不期然而然的展示出廣闊的境界。也因為情感的漫衍，而能將想像落在出人異表的形象上。然後伴

─────────────

〔註51〕同註29，頁 198。
〔註52〕金聖歎《杜詩解》，盤庚出版社。

著奇特的形象，游走馳騁於廣闊的虛幻世界裡，而陶鑄出雄奇飛動的意境來。李白的歌行，是這方面最典型的例子。如他的〈夢游天姥吟留別〉：

> 海客談瀛洲，煙濤微茫信難求。月人語天姥，雲霞明滅或可睹。天姥連天向天橫，勢拔五岳掩赤城。天台四萬八千丈，對此欲倒東南傾。我欲因之夢吳越，一夜飛度鏡湖月。湖月照我影，送我至剡溪。謝公宿處今尚在，淥水蕩漾清猿啼。腳著謝公屐，身登青雲梯。半壁見海日，空中聞天雞。千岩萬轉路不定，迷花倚石忽已暝。熊咆龍吟殷岩泉，慄深林兮驚層巔。雲青青兮欲雨，水澹澹兮生煙。列缺霹靂，丘巒崩摧。洞天石扇，訇然中開。青冥浩蕩不見底，日月照耀金銀臺。霓為衣兮風為馬，雲之君兮紛紛而來下。虎鼓瑟兮鸞回車，仙之人兮列如麻。忽魂悸以魄動，怳驚起而長嗟。惟覺時之枕席，失向來之煙霞。

從「越人語天姥，雲霞明滅或可睹」的信疑參半，到「我欲因之夢吳越，一夜飛渡鏡湖月」的嚮往，然後將全部的注意力集中在幻想虛擬的天姥之上。這天姥夢境，是越人口中的遠古神話的世界。也是李白身在其境的現實世界，所以更叫他奇肆奔放，專注入神，乃至於勢不能已。一直到魂魄悸動，纔覺醒過來。就李白的想落天外，興寄八荒來說，將雄奇飛動引向虛擬的幻境，這是詩人精神在面對遙遠神話時的凝聚結果，也是莊子「心齋」狀態下的想像產物。就引起詩人專注凝神的幻境的幽奇崇峻，煙靄迷茫來說，這是意境的壯闊，也是「坐忘」後的人格投射。而這兩者的匯合，往往便成為雄奇飛動。

　　這種特點，也具體而微的表現在龔自珍的身上。如他著名的〈西郊落花歌〉，就很能看出雄奇飛動的特徵裏，作者精神的凝聚與作品意境的壯闊，緊密的結合在一起：

> 西郊落花天下奇，古來但賦傷春詩。西郊車馬一朝盡，定盦先生沽酒來賞之。先生探春人不覺，先生送春人又嗤。呼朋亦得三四子，出城失色神皆癡。如錢唐潮夜澎湃，如

昆陽戰晨披靡；如八萬四千天女洗臉罷，齊向此地傾胭脂。
奇龍怪鳳愛漂泊，琴高之鯉何反欲上天爲？玉皇宮中空若
洗，三十六界無一青蛾眉。又如先生平生之憂患，恍忽怪
誕百出難窮期。

這是一首充滿著瑰詭誇誕情調的落花詩。詩人在面對大自然的落花
奇景時，先是震懾於它出奇的磅礡氣勢，而失色神癡，沉浸在諦視
凝思的境界之中。隨後他即迅速轉爲豁然開朗，一任汪洋恣肆的情
感蕩漾開來。不僅讓幻想的翅膀，飛馳遨翔在天地之間，也讓平生
恍忽怪誕的憂患噴薄而出。當前的落花景象，是引起他遐想神思的
落花奇景，也是他現實種種憂患的投射。落花本身，已經出奇；從落
花中，看見奇龍怪鳳，更是奇上加奇。而錢唐潮水的澎湃，昆陽戰況
的慘烈，八萬四千天女的齊倒胭脂，又是何等的恣縱壯闊！就詩人
當時失色神癡而諦視凝思來說，將雄奇飛動引向幻想的深處，這是精
神凝聚的結果。同樣是「心齋」狀態下的產物。就引起詩人幻想的落
花奇景的恍忽怪誕來說，這是意境的壯闊。同樣是「坐忘」後的人格
投射。

3、就技法言

奇想以比興，是李白與龔自珍在詩歌創作上的一大特色（見第一
部分），但如何使它在鋒芒上不至於太露，以達到雄奇飛動的境界？
這就有待於筆力的勁煉了。筆力的勁煉，本不限於雄奇飛動的作品，
但它特別善長錘鍊借由幻想以達到比興目的的語言，再透過與之相應
的氣勢、筆觸和節奏等顯現出來，而使人感到一股昂揚勃發、吞吐八
荒的情調。

李白在筆力的勁煉方面，往往任意馳騁奇想，看似不費力氣，揮
灑而出，既能達到奇警之致，又能不見其錘鍊之跡。這是他爲同時代
著名詩人所不及的地方。他不像李賀的「石破天驚逼秋雨」一樣，雖
也極奇險之致，但也祇是力逞奇想之致，背後全不及於比興。他也不
像杜甫的「白摧朽骨龍虎死，黑入太陰雷雨垂」，及韓愈的「巨刃摩

天揚」一樣，雖也能借著令人驚心動魄的奇想，而達到比興的目的。
但巉刻苦煉之跡，亦為世人所共睹。李白詩中筆力勁煉，而又極奇警
之致的，如〈上雲樂〉的：

> 撫頂弄盤古，推車轉天輪。云見日月初生時，鑄冶火精與
> 水銀。陽烏未出谷，顧兔半藏身。女媧戲黃土，團做下愚
> 人。散在六合間，濛濛若沙塵。生死了不盡，誰明此胡是
> 仙真？

　　龔自珍在筆力的勁煉上，雖也汲取了李白在雄奇之中，自有一分
灑落飛動之勢的長處。但他往往又將奇情拗音融入詩中，創造出光怪
陸離，色彩斑爛的景象。使其詩歌在雄奇灑落之外，也有一分的頓挫
峭刻之美。他曾用「鬱怒清深」讚美舒位和彭兆蓀兩人的詩歌，事實
上，龔自珍自己也巧妙的將這兩者融入自己的詩歌中，而所呈現的，
就是灑落奔放兼有頓挫峭刻。可見他雖傾心於李白的為人與詩風，卻
並非一步一趨的跟隨其後，不敢越雷池一步。而是希望在轉益之中，
能夠多少跨出李白的藩籬。如他的癸未編年詩〈三別好詩〉之二及〈己
亥雜詩〉第三一二首，都是說明這一現象的好例子：

> 狼藉丹黃竊自哀，高吟肺腑走風雷。不容明月沉天去，卻
> 有江濤動地來。

> 古愁莽莽不可說，化作飛仙忽奇闊。江天如墨我飛還，折
> 梅不畏蛟龍奪。

　　龔自珍經世之志的強烈，使他有著擁抱崇高理想的胸襟，他的豐
富閱歷及宗教背景，又使他在對應自然奇景時，往往將浮想陶鑄成磅
礡太空，宏偉瑰麗的意境，而他筆力的勁煉，又能凝聚二者，使之昇
華成雄奇飛動的藝術風格。正如他在〈己亥雜詩〉第三三首所言的
「胸中海嶽夢中飛」一樣，雄奇飛動的藝術美感，是積澱在詩人現實
生活的胸襟。但是因為時代環境的衝突與矛盾，日益加劇，風雲的瞬
息變化，迫使他不能悠遊自在，必需急步趨前，暢所欲言，纔能豁醒
沉酣的人心。同樣是幻想太空，李白往往陶醉其中，以遨以翔，龔自

珍則是折返人間，折梅抗龍。同樣是飛仙劍客，李白往往雲遊四海，
棲息山林；龔自珍則是行走江湖，駐足街坊。同樣是一飛可以沖天的
大鵬，李白往往遨翔於九重雲霄之外，龔自珍則是隨著落花飄抵人
間。儘管傾向上有所差異，但在諸多耀眼的前輩之中，李白還是影響
龔自珍最為深刻的人。誠如他以「亦狂亦俠亦溫文」形容友人的風範
一樣，龔自珍本身其實就是這一評語的形象化身。而提供這一典型
的，就是李白。

第二節　規撫經史的九牧箴言

　　龔自珍的詩文，具有著濃厚的時代色彩與經史氣息，這主要是受
到他個人經世致用的性格影響。在第一章第一節中，論述龔文的主體
情志時，我們總結出「以經術作政論」、「以朝章國史世情民隱為質幹」
及「苴補國史」三項，是龔自珍創作散文的旨趣；除散文外，龔詩也
在「詩成侍史佐評論」的規範下，具有一定的經世意義。在〈對策〉
中，他就說：

> 人臣欲以其言禆於時，必先以其學考諸古。不研乎經，不
> 知經術之為本源也；不討乎史，不知史事之為鑑也。不通
> 乎當世之務，不知經、史施於今日之孰緩、孰亟、孰可行、
> 孰不可行也。

文末，他更說：

> 經史之言，譬方書也。施諸後世之孰緩、孰亟，譬用藥也。
> 宋臣蘇軾不云乎；藥雖呈於醫手，方多傳於古人。若已經
> 效於世間，不必皆從己出。至於展布有次第，取舍有異同，
> 則不必泥乎經、史。要之不離乎經、史，斯又大易所稱神
> 而明之，存乎其人者歟？

同樣的看法，亦見於〈明良論四〉與〈己亥雜詩〉第四四中：

> 仿古法以行之，正以救今日束縛之病。矯之而不過，且無
> 病，奈之何不思更法，瑣瑣焉，屑屑焉，惟此之是行而不
> 虞其陊也？

霜毫擲罷倚天寒，任作淋漓淡墨看。何敢自矜醫國手，藥
方只販古時丹。

　　龔自珍把經術看作是後代經邦治國的本源，把歷史看作是後代
的借鏡，並將兩者與研究當代形勢的時務結合一起，將後者看成是
援引前者的衡量依據。如此一來，不僅使他在研究經史上的學術性
格，有異於當時，而且在創作性格上，也因爲如此而注入了濃厚的
經史氣息。值得注意的是，龔自珍的援引經史，是取經之義與史之
心，而不是生搬硬套。這種不拘泥於經史，取舍隨人的辯證過程，在
第一章第一節與第四章第二節中，論之已詳，茲不贅述。本章謹就
龔自珍詩文中，援引經史的情形，作一番論述。以下即從援引經史批
判現實與借鑑經史改造現實兩方面，論述經史落實在龔自珍詩文中的
情形。

壹、援引經史批判現實

一、活用三世說

　　龔自珍具有經史氣息的詩文特徵，首先表現在活用《公羊》家的
「張三世」上面。他認爲三世說具有普遍的意義，不僅春秋時期可分
爲三世，古今歷史的發展，以及萬事萬物的變化，也都可以援用三世
說的法則，加以歸納。在〈五經大義終始答問八〉中，他就說：

　　　通古今可以爲三世，春秋首尾，亦爲三世。大嬈橈作甲子，
　　　一日亦用之，一歲亦用之，一章一部亦用之。

又，〈壬癸之際胎觀第五〉：

　　　萬物之數括於三：初異中，中異終，終不異初。一飽三變，
　　　一棗三變，一棗核亦三變。

這種以初、中、終三個發展階段，概括一切事物；並以「萬物一而
立，再而反，三而如初」的循環規律，都是活用三世說的結果。但
是，有關「三世」的名稱，龔自珍的使用情形，又與《公羊》家有別，
他將原有的「據亂之世」、「升平之世」與「太平之世」，活用成「盛
世」、「衰世」與「亂世」。

據此，他將清代分為三世，康熙、乾隆時期是盛世，嘉慶、道光時期是衰世，即將到來的時代，則是亂世。在詩歌中，龔自珍就曾不祇一次的，對承平盛世流露出欣羨的眼光。如〈偶感〉：

> 崑山寂寂盒山寒，玉佩瓊琚過眼看。一事飛騰羨前輩，昇平時世讀書官。

又，〈寥落〉：

> 寥落吾徒可奈何！青山青史兩蹉跎。乾隆朝士不相識，無故飛揚入夢多。

〈吳市得舊本制舉之文，忽然有感，書其端〉：

> 紅日柴門一丈開，不須踰齊與踰淮。家家飯熟書還熟，羨殺承平好秀才。

> 國家治定功成日，文士關門養氣時。乍洗蒼蒼莽莽態，而無儚儚恫恫詞。

〈秋夜聽俞秋圃彈琵琶賦詩，書諸老輩贈詩冊子尾〉：

> 我有心靈動鬼神，卻無福見乾隆春。席中亦復無知者，誰是乾隆全盛人。

這些欣羨不已的心聲流露，正好襯顯出嘉慶、道光時期的各種衰象叢生。而這種反襯的心情，又強烈的暗示了龔自珍預示衰世到來時的不勝憂危。梁啟超在《清代學術概論》中，說龔自珍「不勝其憂危，恆相與指天畫地，規天下大計，考證之學，本非其所好也，而因眾所共習，則亦能之，能之而頗欲用以別闢國土，故雖言經學，而其精神與正統派之為經學而治經學者則既有以異。」〔註53〕所謂「別闢國土」與「與正統派之為經學而治經學者則既有以異」，對龔自珍而言，正是「以經術作政論」的第一步，是以三世說揭露嘉、道實期的衰世景象。

龔自珍借用三世說以揭露衰世景象的特徵，大多表現在政論與寓言雜文中，這些文章，包括有〈乙丙之際著議〉第九、第二十五與〈尊

〔註53〕轉引自《資料集》，頁31。

隱〉等。在〈乙丙之際著議第九〉中，他首先以三世說打開議論的場面說：

> 吾聞深於春秋者，其論史也，曰：書契以降，世有三等，三等之世，皆觀其才；才之差，治世爲一等，亂世爲一等，衰世別爲一等。

隨即痛斥衰世種種令人不堪的景象：

> 衰世者，文類治世，名類治世，聲音笑貌類治世。黑白雜而五色可廢也，似治世之太素；宮羽淆而五聲可鑠也，似治世之希聲，道路荒而畊岸驤也，似治世之蕩蕩便便；人心混混而無口過也，似治世之不議。左無才相，右無才史，閫無才將，庠序無才士，隴無才民，廛無才工，衢無才商，抑巷無才偷，市無才駔，藪澤無才盜，則非但斁君子也，抑小人甚斁。當彼其世也，而才士與才民出，則百不才督之，縛之，以至於戮之。戮之非刀、非鋸、非水火、文亦戮之，名亦戮之，聲音笑貌亦戮之。戮之權不告於君，不告於大夫，不宜於司市，君大夫亦不任受。

從揭露衰世的無有君子，亦乏小人的窘境，到追究造成衰世的原因，在於戮辱人心的不得要領，進而暗示亂世來臨前風雨飄搖的隱憂：

> 履霜之蹻，寒於堅冰，未雨之鳥，戚於飄搖，痿瘠之疾，殆於癱疽，將萎之華，慘於槁木。

　　同樣三世說的筆法，亦應用於著名的〈尊隱〉裡。龔自珍在這篇寓言式的雜文中，不僅以極具形象化的文學手法出色地刻畫了衰世景象的慘淡，更進一步的暗示民間力量的崛起，爲亂世的來臨，注入具體的因素：

> 聞之古史氏矣，君子所大者生也，所大乎其生者時也。是故歲有三時：一曰發時，二曰怒時，三曰威時；日有三時，一曰蚤時，二曰午時，三曰昏時。夫日胎於溟涬，……日之亭午，……日之將夕，悲風驟至，人思燈燭，慘慘目光，吸飲暮氣，與夢爲鄰，未即於床，丁此也以有國，而君子適生之；不生王家，不生其元妃嬪嬙之家，不生所世世蒃

之家，從山川來，止于郊。

隨後即說明京師不用人才，君子不就用於京師，是民間力量崛起的原
因所在：

> 何哉？古先冊書，聖智心肝，人功精英，百工魁傑所成，
> 如京師，京師弗受也，非但不受，又裂而磔之。醜類庬呰，
> 詐偽不材，是輩是任，是以爲生資，則百寶咸怨，怨則反
> 其野矣。……如是則京師貧；京師貧，則四山實矣。……
> 則京師賤；賤，則山中之民，有自公侯者矣。如是則豪傑
> 輕量京師；輕量京師，則山中之勢重矣。如是則京師如鼠
> 壤，如鼠壤，則山中之壁壘堅矣。京師之日短，山中之日
> 長矣。

這種描寫衰世人才的流落與山中之民的崛起，暗喻亂世的到
來，在〈五經大義終始論〉中，亦有同樣的議論：

> 其衰也，賢人散於外，而公侯貴人之家，猶爭賓客於酒食。
> 其大衰也，豪傑出，陰聘天下之名士，而王運去矣。

龔自珍在文章中明用三世說，以爲他的揭露衰世景象張目，已
敘述如上；但是，有些文章中，雖不見三世說的字眼，但由其中盛衰
的對比，可知其背後仍然是以三世說作爲衡量的準則的。如〈明良
論一〉：

> 三代、炎漢勿遠論，論唐、宋盛時，其大臣魁儒，大率豪
> 偉而疏閱，其講官學士，左經右史，鮮有志溫飽、察雞豚
> 之行；其庸下者，亦復優游書畫之林，文采酬酢，飲食風
> 雅。今士大夫，無論希風古哲，志所不屬，雖下劣如矜翰
> 墨召觴詠，我知其必不暇爲也。

從士大夫平日所行，一盛一衰的對比下，嘉、道時期的衰世景象不言
可喻。這是從人的角度加以觀察。從景物的角度來觀察，龔自珍亦認
爲衰世的景物，亦多顯現爲初秋的氣息，自不同於盛世的花明柳綠。
在〈己亥六月重過揚州記〉，他對嘉、道時期的揚州城，就作了這樣
的描寫：

> 歸館，郡之士皆知余至，則大譁，有以經義請質難者，有

> 發史事見問者，……居然嘉慶中故態。誰得曰今非承平時
> 耶？惟窗外船過，夜無笙琶聲，即有之，聲不能徹旦。余
> 既信信，挛風流，捕餘韻，烏睹所謂風號雨嘯、魖狄悲、
> 鬼神泣者？……臥而思之，余齒垂五十矣，今昔之慨，自
> 然之運，古之美人名士富貴壽考者幾人哉？此豈關揚州之
> 盛衰，而獨置感慨於江介也哉？……天地有四時，莫病於
> 酷暑，而莫善於初秋，澄汰其繁縟淫蒸，而與之爲蕭疏澹
> 蕩，冷然瑟然，而不遽使人有蒼莽寥泬之悲者，初秋也。
> 今揚州，其初秋也歟？

龔自珍以似揚實抑的手法，寫揚州的「嘉慶中故態」，引出初秋的寓意。他寫揚州的景物，其實是寫清朝的時運，揚州的盛衰，其實就是清朝的盛衰，祇是衰世的來臨，就像初秋的來臨，讓人一時感覺不出它的蕭瑟蒼莽罷了。

在詩歌方面，龔自珍亦有暗用三世說，通過市集物價的波動，揭露盛衰時代的不同景象。如〈餺飥謠〉：

> 父老一青錢，餺飥如月圓；兒童兩青錢，餺飥大如錢。盤
> 中餺飥貴一錢，天上明月瘦一邊。噫！市中之餕分天上月，
> 吾能料汝二物之盈虛分，二物照我爲過客。月語餺飥，圓
> 者當缺，餺飥語月，循環無極。大如錢，當復如月圓。呼
> 兒語若：後五百歲，俾飽而元孫。

借著淺顯易懂的歌謠形式，以父老暗喻乾、嘉盛世，以兒童暗喻嘉、道衰世，以「循環無極」作爲盛世再臨的預告，很容易看出是「三世說」理論的活用結果。

龔自珍在詩文中，援引三世說，直陳盛衰，抨擊現實環境的種種衰象。他既不像西漢初期的《公羊》學者，爲師出有名，以受命於天，據亂而起的神秘思想爲由，而「張三世」；也不像常州派的復興今文，是爲了鞏固朝廷政權，而闡揚《春秋》的「微言大義」；他是在舉國方酣醉太平之際，借著三世說的巧妙運用，以實際的衰世景象爲憑據，爲自己的改革主張鋪路。

二、借古諷今

活用三世說，是屬於援引經義的範疇；借古諷今，則是屬於以史為鑑的範疇應用。

如同古來文士為一展抱負，往往將矛頭指向最高的統治階層一樣。龔自珍的借古諷今，亦將不少心力放在這上面。在〈古史鉤沉論一〉中，他即借著「史氏之書」所言，諷刺朝廷憑借一時的強力，仇恨天下之士，以造成「一人為剛，萬夫為柔」的順民局面：

> 史氏之書又書之：昔者霸天下之氏，稱祖之廟，其力彊，其志武，其聰明上，其財多，未嘗不仇天下之士，去人之廉，以快號令，去人之恥，以嵩高其身；一人為剛，萬夫為柔，以大便其有力彊武；而胤孫乃不可長，乃誹，乃怨，乃責問，其臣乃辱。榮之亢，辱之始也；……籍其府焉，徘徊其鐘簴焉，大都積百年之力，以震盪摧鋤天下之廉恥，既殄、既獮、既夷，顧乃席虎視之餘蔭；一旦責有氣於臣，不亦暮乎！

帝王積百年之力，將天下士民的廉恥摧鋤殆盡的結果，是暮氣沉沉的衰世來臨。對同樣採取消耗士民壯志才華的措施，龔自珍亦透過對唐、宋、明三代的京師樂籍制度的不滿而加以抨擊。在〈京師樂籍說〉中，他就說：

> 士也者，又四民之聰明喜論議者也。……留心古今而好論議，則於祖宗之立法，人主之舉動措置，一代之所以為號令者，俱大不便。……是故募召女子千餘戶入樂籍。……目挑心招，捭闔以為術焉，則可以箝塞天下之游士。……使之耗其資材，則謀一身且不暇，無謀人國之心矣……使之纏綿歌泣於床第之間，耗其壯年之雄材偉略，則思亂之志息，而議論圖度，上指天下畫地之態益息矣……則議論軍國臧否政事之文章可以毋作矣。

官妓的設立，是為了銷蝕士民的志氣，使之毋議論臧否軍國大事，以使人主號令天下之際，能夠通行無阻。文中所謂「留心古今而好議論」，即龔自珍借古諷今的最好證明。

除了針對帝王的措施，借著以古諷今的手法，予以嚴力抨擊外；這一手法，亦廣泛的被使用在檢討士民階層的流弊上。如〈家塾策問二〉中，龔自珍即以明儒的勤於治學，諷刺當時士儒的慵懶疏墮，不學無術：

> 近儒學術精嚴，十倍明儒，動譏明人爲兔園，爲鼠壤矣，然三代先秦之書，悉恃明人刻本而存，設明人無刻本，其書必亡，何歟？或曰：明人學術雖陋，而好古好事，不可埋沒，抑何近世士大夫不好事，不好古歟？昔之士大夫，何其從容而多暇，曰商及刻書？今之世大夫，何其瘁而不暇歟？

同樣對士儒的不以爲然，在〈明良論一〉亦有明確的褒貶態度：

> 論唐宋盛時，其大臣魁儒，大率豪偉而疏闊，其講官學士，左經右史，鮮有志溫飽，察雞豚之行；其庸下者，亦復優游書畫之林，文采酬酢，飲食風雅。今士大夫，無論希風古哲，志所不屬，雖下劣如矜翰墨，召觴詠，我知其必不暇爲也。今上都通顯之聚，未嘗道政事談文藝也；外吏之宴游，未嘗各陳設施談利弊也；其言曰：地之腴瘠若何？家具之贏不足若何？車馬弊而債券至，朋然以爲憂，居平以貧故，失卿大夫體，甚者流爲市井之行。

又，〈乙丙之際著議第六〉：

> 自周而上，一代之治，即一代之學也；一代之學，皆一代王者開之也。……乃若師儒有能兼通前代之法意，亦相誡語焉，則兼綜之能也，博聞之資也。上不必陳於其王，中不必采於其冢宰、其太史大夫，下不必信於其民。……後之爲師儒不然。重於其君，君所以使民者則不知也；重於其民，民所以事君者則不知也。生不荷樗鋤，長不習吏事，故書雅記，十窺三四，昭代功德，瞠目未睹，上不與君處，下不與民處。

三代師儒的「兼綜之能」與「博聞之資」，以及唐、宋大儒的「豪偉而疏闊」，所對比出來的，正是當時師儒的尸餐素位，不學無術，亦

不盡言責。

　　值得注意的是，龔自珍借古諷今之際，所援引的經史實例，完全是依據內容的需要，而加以取舍的，並不在意經義或史事之間的完整性；如〈京師樂籍說〉中，他既諷刺唐、宋、明三代的君主，以官妓制度腐蝕士民的雄心大志，卻又在〈明良論二〉中，讚揚唐、宋、明三代之君能以禮待臣。這中間的一貶一褒，其所依循的準則，實即是他在〈對策〉中所謂「展布有次第，取舍有異同，則不必泥乎經史」的落實，完全是視文章的需要而作決定的。

　　龔自珍在詩歌創作中，亦不乏以借古諷今的手法，抨擊衰世的諸種弊端。而其方式又有詩題明言詠史，實則諷今、詩題為詠古人，實則諷今以及詩題無關史事，詩旨在借古諷今三種。

　　首先，在詩題明言詠史，實則諷今方面。如〈詠史〉之一，即以漢朝賈誼事詠道光時吏部尙書兼協辦大學士吳璥，詩中以「悲皓月」、「舞高秋」、「茫茫路」及「萬里愁」等深沉的憂思，表達對水患災區民生及規治黃河的關切：

　　　　宣室今年起故侯，銜兼中外轄黃流。金鑾午夜文乾惕，銀
　　　　漢千尋瀉豫州。猿鶴驚心悲皓月，魚龍得意舞高秋。雲梯
　　　　關外茫茫路，一夜吟魂萬里愁。

在〈詠史〉中，他則借著權貴弟子的素餐墮落以及文士的遠禍全身，慨歎時下風氣的現實，不如古時田橫等五百烈士的知義守節：

　　　　金粉東南十五州，萬重恩怨屬名流。牢盆狎客操全算，團
　　　　扇才人踞上游。避席畏聞文字獄，著書都爲稻梁謀。田橫
　　　　五百人安在，難道歸來盡列侯？

詩中以概括性極強的詩句，諷刺時代的惡風成習，如「牢盆狎客操全算，團扇才人踞上游。避席畏聞文字獄，著書都爲稻梁謀」等，都是傳誦千古的名句。王文濡校本說是「惜曾賓谷中丞燠之罷官也」，但與史載不合，而且從其整體形象的概括來看，必要斷定爲某人作，實有過於拘泥的缺失。

其次，在詩題爲詠古人，實則諷今方面。如〈漢朝儒生行〉，這是一首七言長詩，龔自珍借著史事以諷諭時事，但由於寫得隱晦異常，意旨迷離恍惚，歷來對其本事頗有爭論。王文濡校本說：「儒生乃定公自謂，篇中所謂將軍，殆指楊勤勇公芳耶？」後代論者大抵同意王說，但對其中詩句實指，則多所爭議。事實上，祇要明白詠史詩的文學性質，係在借史事影射現實，以達到諷諭的功用，其創作過程有多少比例與時事相吻，則並不重要；何況，龔自珍自己也強調他應用經史，完全是如《易》的「神而明」一樣，是「存乎其人」的。

最後，在詩題無關古事，詩旨則在以古諷今方面，則多見於〈己亥雜詩〉中。如「姬姜古妝不如市，趙女輕盈躡銳屐。侯王宗廟求元妃，徽音豈在纖厥趾？」是借古帝王遴選嬪妃一事，諷刺今人纏足的歪風。如「漢代神仙玉作堂，六朝文苑李男香。過江子弟傾風采，放學歸來袥衛郎。」是借古代好男色的不健康心態，諷刺今人的好變成習。如「錐埋三輔飽于鷹，薛下人家六萬增；半與城門充校尉，誰將斜谷槭陽陵？」是借史書所載孟嘗君及公孫賀事，諷刺清軍的腐敗放縱。

貳、借鑑經史改造現實

龔自珍活用三世說的理論，以揭露衰世的景象，又借古諷今抨擊袁世的弊端，其用意即在喚醒朝廷與士民的沉醉，爲自己的提倡改革主張，尋找論據。在〈乙丙之際著議第七〉中，對於改革的必要性，他就說：

> 夏之既夷，豫假夫商所以興，夏不假六百年矣乎？商之既夷，豫假乎周所以興，商不假八百年矣乎？無八百年不夷之天下，天下有萬億年不夷之道。然而十年而夷，五十年而夷，則以拘一祖之法，憚千夫之議，聽其自殄，以俟踵興者之改圖爾。一祖之法無不敝，千夫之議無不靡，與其贈來者以勁改革，孰若自改革？

從夏、商、周三代興替的史實，龔自珍確立了改革的必要性。但如何從事改革呢？龔自珍所採取的對策，依然是借鑑經史，借著已有效於世間的「古方」，作為改革現實的依據。

一、治、學、道合一說

在〈上大學士書〉中，龔自珍曾說：

> 自珍少讀歷代史書及國朝掌故，自古及今，法無不改，勢無不積，事例無不變遷，風氣無不移易，所恃者，人材必不絕于世而已。

可見古往今來，人才的齊全或缺乏，始終是改革能否成功的關鍵所在。在〈乙丙之際著議第九〉中，他就認為人才是判定時代是治世、衰世或亂世的標準：

> 書契以降，世有三等，三等之世，皆觀其才；才之差，治世為一等，亂世為一等，衰世別為一等。

職是之故，他呼籲朝廷要尊重人才，而人才也要自我尊重。在〈明良論二〉中，他就慨歎人才的悖悍求亂，是導致亂世不遠的原因，而歸其疚，則是朝廷自我摧殘人才的結果：

> 禮中庸篇曰：「敬大臣則不眩」。郭隗說燕王曰：「帝者與師處，王者與友處，伯者與臣處，亡者與役處。憑几其杖，顧盼指使，則徒隸之人至。恣睢奮擊，呴藉叱咄，則廝役之人至。」賈誼諫漢文帝曰：「主上之遇大臣如遇犬馬，彼將犬馬自為也。如遇官徒，彼將官徒自為也。」凡此三訓，炳若日星，皆聖哲之危言，古今之至誠也。

在〈乙丙之際著議第九〉中，他更進一步揭露朝野上下不尊重人才，亟欲戮之而後快的心理，是造成人才求亂的主因：

> 當彼其世也，而才士與才民出，則百不才督之、縛之，以至於戮之。戮之非刀、非鋸、非水火；文亦戮之，名亦戮之，聲音笑貌亦戮之。戮之權不告於君，不告於大夫，不宣於司市，君大夫亦不任受。其法亦不及要領，戮其能憂心、能憤心、能思慮心、能作為心、能有廉恥心、能無渣滓心。

又非一日而戮之，乃以漸，或三歲而戮之，十年而戮之，
百年而戮之。才者自度將見戮，則蚤夜號以求治，求治而
不得，悖悍者則蚤夜號以求亂。

因此，龔自珍乃有「尊賓」的主張提出。所謂「賓」，就是異姓
的人才。在〈古史鉤沉論四〉中，龔自珍就說：

王者，正朔用三代，樂備六代，禮備四代，書體載籍備百
代，夫是以賓賓。賓也者，三代共尊之而不遺也。夫五行
不再當令，一姓不再產聖。興王聖智矣，其開國同姓魁傑
壽耇者，易盡也。賓也者，異姓之聖智魁傑壽耇也。……王
者於是芳香其情以下之，玲瓏其語令以求之，虛位以位
之。……禮樂三而遷，文質再而復，百工之官，不待易世
而修明，微乎儲而抱之者乎，則弊何以救？廢何以修？窮
何以革？易曰：窮則變，變則通，通則久。恃前古之禮樂
道藝在也。故夫賓也者，生乎本朝，仕乎本朝，上天有不
專爲其本朝而生是人者在也。是故人主不敢驕。

從歷史中得來的教訓，使龔自珍認爲「尊賓」，是朝廷救弊修廢、可
通可久的改革要徑。但是，龔自珍又意識到「上天有不專爲其本朝而
生是人者在也」的道理，朝廷的是否重用人才，既無法掌握在自己的
手中，乃轉而「志於道」，以恢復傳統文文的使命，俟時而用，所謂
「恃前古之禮樂道藝在也」，即有此義隱含其中。

實際上，在龔自珍來看，改革衰世的途徑，主要還是在於人才的
能否自我尊重上面。從前揭龔自珍援引經史以批判現實的例子來看，
他注目的焦點，主要都集中在近代士大夫不學無術，不盡言責之上。
既不學無術，何有「前古之禮樂道藝」可恃！因此，龔自珍認爲人才
自我尊重之道，就是要治、學、道三者合一。效法三代的師儒，能兼
通前代法意，又能推闡本朝法意，以相互規誡，善盡言責。這其實也
即是「尊史」的主要規範所在。在〈尊史〉中，龔自珍就說：

出乎史，入乎道，欲知大道，必先爲史。

而史的自我尊重，首在於史本身要能「善出」與「善入」：

> 天下山川形勢，人心風氣，土所宜，姓所貴，皆知之；國
> 之祖宗之令，下逮吏胥之所□守，皆知之。其於言禮、言
> 兵、言政、言獄、言掌故、言文體、言人賢否，如其言家
> 事，可謂入矣。又如何而尊？善出。何者善出？天下山川
> 形勢，人心風氣……如優人在堂下，號咷舞歌，哀樂萬千，
> 堂上觀者，肅然踞坐，眄睞而指點焉，可謂出矣。……是
> 故欲為史，為史之別子也者，毋寢毋喘，自尊其心。心尊，
> 則其官尊矣，心尊，則其言尊矣。官尊言尊，則其人亦尊
> 矣。

龔自珍以「尊史」的「善出」與「善入」，作為人才自我尊重的途徑，這仍然是借鑑歷史經驗後的結果。在〈乙丙之際著議第六〉中，他就認為治世與衰世之別的關鍵，即在於前者有「兼通之能」與「博聞之資」的人才可恃，而後者，則是「故書雅記，十窺三四，昭代功德，瞠目未睹」，是「一睨人才海內空」的黯淡局面。所以，他感慨的說：「道德不一，風教不同，王治不下究，民隱不上達，國有養士之貲，士無報國之日」，呼籲人才要「善出」「善入」，做到道、學、治合於一的地步。

二、五經大義終始說

若說龔自珍所提倡用以改造現實的「治、道、學合一說」，是屬於「內聖」的功夫，那麼，「五經大義終始說」的提出，也就是屬於「外王」的功夫。是借由舉凡百官制度與民生經濟等事物性的改造，以起沉痼於衰世之中，使國家重新恢復到治世的昇平景象。《全集》中，如〈農宗〉、〈平均篇〉以及「天地東西南北之學」等，都應是屬於這一個範疇之內的。

值得注意的是，龔自珍的提出「五經大義終始說」，也同他所主張的「治、道學合一說」，是源於「討乎史」的結果一樣，它則是在「研乎經」之下的產物。在〈五經大義終始論〉中，龔自珍說：

> 昔者仲尼有言：「吾道一以貫之。」又曰：「文不在茲乎！」
> 文學言游之徒，其語門人曰：「有始有卒，其惟聖人乎！」

　　　　誠知聖人之文，貴乎知始與卒之間也。聖人之道，本天人
　　　　之際，臚幽明之序，始乎飲食，中乎制作，終乎聞性與天
　　　　道。民事終，天事始，鬼神假，福禔應，聖蹟備，若庖羲、
　　　　堯、舜、禹、契、皋陶、公劉、箕子、文王、周公是也。

有人說它是「本《公羊》三世之說而貫通之」﹝註54﹞，這大抵是正確
的。但觀下文中的「夫禮據亂而作，故有據亂之祭，有治升平之祭，
有太平之祭」以及〈答問〉諸條所設的問答內容便可知。這雖祇是形
式上的過程而已，但亦足以說明「五經大義終始說」的提出，與經術
脫不了關係。

　　再者，雖然龔自珍未按原來所構思的終始思想，處理有關民生、
制度與形上學的問題，開出「外王」的境界；而是將重心環繞在有關
民生與士兩大問題上。而他的遍舉經文以證「飲食」問題，乃民生之
始，是合乎聖人終始之道的，亦可證明龔自珍是借鑑於「古方」，作
爲改革現實的論據。如：

　　　　聰明孰爲大？能始引食民者也。其在《序卦》之文曰：「物
　　　　稚不可不養，屯蒙而受以需，飲食之道也。」其在《雅詩》，
　　　　歌神靈之德，曰：「民之質矣，日用飲食。」是故飲食繼天
　　　　地。又求諸《禮》曰：「夫禮之初，始諸飲食。禮者，祭禮
　　　　也。」

在〈農宗〉中，龔自珍開宗明義就說：「龔子淵淵夜思，司所以
探簡經術，通古近，定民生，而未達其目也。」在〈平均篇〉中，也
屢舉《詩》文以證古人尚平均說：

　　　　古者天子之禮，歲終，太師執律而告聲，月終，太史候望
　　　　而告氣。東無瀦水，西無瀦財，南無瀦粟，北無瀦土，南
　　　　無瀦民，北無瀦風，王心則平，聽平樂，百僚受福。其《詩》
　　　　有之曰：「秉心塞淵，騋牝三千。」王心誠深平，畜產且騰
　　　　躍眾多，而況於人乎？又有之曰：「皇之池，其馬歕沙，皇

人威儀。」其次章曰:「皇之澤,其馬歓玉,皇人受穀。」

言物產蕃庶,故人得肆威儀,茹內眾善,有善名也。

這就不衹是形式上的過程而已,而是以世務證之經術了。

其他如〈保甲正名〉:

嘉慶十九年冬,奉上諭行保甲法,大吏下其條目於所司……龔自珍曰:此《周禮》相保法也。……非保由法。保甲法孰為之?宋臣王安石為之。……《傳》曰:「家不藏甲。」卿大夫之家,尚不藏甲,編戶齊民,何有甲之名?三代以降,兵民分。朝廷既養民以衛民矣,事勢畫一,民不宜更以武力自衛。故曰王安石之法,非古非今,古今亦無曾試之者。聖世所用,實是《周禮》,而用王安石之名,大不可也,宜改曰五家相保法。

其論述的過程,也是「研諸經,討諸史,揆諸時務」,層層推衍得出結論。這是龔自珍的詩文創作,往往具有著濃厚經史氣息的原因所在。

第三節　點化釋子的千手千眼

唐朝王維在〈嘆白髮〉中,曾悲吟「一生幾許傷心事,不向空門何處銷?」這句話,幾乎道盡了古今文人在失志時的打算。龔自珍在詞中也說:「才人老來例逃禪」,也如出一轍的點出同樣的消息。可見古代傳統文人與佛教之間的密切關係。

龔自珍的詩文創作,在思想或藝術風格上,不僅繼承了前輩優秀作家的一瓣心香,規撫了當時學術流派的經史性格,也因在時空上的因緣際會,受到佛教深刻的影響。在〈題梵冊〉中,他就說:「儒但九流一,魁儒安足為。西方大聖人,亦掃亦抱之。即以文章論,亦是九流師。釋迦諡文佛,淵哉勞我思。」就說明他注意到佛典的文學價值,也自覺地學習佛典的創作技巧。

清代的佛教,從開國以來,就極其鼎盛。帝王與佛教的關係密

切，是促成風氣鼎盛的重要原因之一。這由順治、康熙、雍正諸帝的參禪、自號居士以及屢屢下詔當時名僧入京說法諸事，可見一斑。尤其在乾、嘉時期，更有復興的態勢。但這一時期的佛教，就像時代的景象逐漸有別於盛世一樣；在性格上，它也呈現出不同的面貌。它主要表現在思辨性較強的天台、華嚴諸宗逐漸抬頭，以取代直指本性、頓悟成佛的禪宗；士大夫研讀佛典，以居士弘傳佛理，蔚為風氣；城市逐漸取代山林，成為佛學中心以及佛學思想由出世轉而入世的徵兆開始醞釀等四項特色上。〔註 55〕龔自珍不僅在時代上，因處於嘉、道的轉型時期，而形成獨特的詩文風格；也因與佛教的關係密切，又躬逢佛教的轉變時期，而在佛教思想及詩文創作上，都表現出在其影響下所具有的特色。但龔自珍的接受佛教，並非即表示放棄原有熱烈的經世理想，而是在現實環境的衝擊下，借著佛教以安撫日益澎湃的心情，甚至借用佛教作為消極性的抗爭手段。但從文學的價值來衡量，龔自珍在詩文創作上，所受到佛教的影響，遠不如他承自屈原等人以及清初以來經世學術的深刻，甚至有著負面的影響。以下即由收狂向禪的矛盾時期、慧骨深功的參證時期以及詆禪論相的深造時期三個階段，從龔自珍對佛教的態度轉變，討論他隨之變化的詩文創作。

壹、收狂向禪的矛盾時期

在〈小奢摩詞選‧齊天樂序〉中，龔自珍自言：「幼信轉輪，長窺大乘」，說明他從小開始，即深受佛教輪迴之說的影響。而這一影響的深刻，又可從他「少時讀東方朔傳，恍忽若有遇，自謂曼倩後身」一事，窺見一斑。〔註 56〕但龔自珍真正研究佛教的開始，是在他的經世之志開始受到現實環境衝擊的時候，也是他透過詩文的創作，開始

〔註 55〕見陸草〈佛學與中國近代詩壇〉，收入《文學遺產》1989 年第 3 期，頁 29。
〔註 56〕陳元祿《羽埃逸事》，轉引自《資料集》，頁 55。

表達內心矛盾的時候。此後，他的詩文創作，無論在思想上或形式上，或多或少都可看見佛教的影響。

　　龔自珍接觸佛書的歷程，從他的詩詞作品中，可得到一些訊息。在〈小奢摩詞選‧惜秋華‧露華〉中，有「維摩室，茶甌經卷且伴」的描寫，似乎在他二十二歲之前，即已接觸過一些佛書。在《齊天樂》序中，他自言：「予幼信轉輪，長窺大乘，執鬼中訊巫陽，知其爲元美後身矣。」則詳細敘述他佛教思想的轉變，是由輪迴之說的信仰，轉變爲大乘的各個宗派。在〈長相思〉的序中，他甚至說：「同年生馮晉漁，少具慧根而不信經典，與予異也。……予作此二詞，附冊尾，既爲禱祝之詞，又以見山川清福，亦須從修習而來，始不可妄得也。」可見龔自珍修習佛典的時間甚早，而且篤信不已。從〈夢得『東海潮來月怒明』之句，醒，足成一詩〉中的「梵史竣編增楮壽，花神宣敕敕詞精」，更可確定龔自珍在二十八歲左右，已經以嚴肅的態度研讀佛典了。

　　由於龔自珍從小即有經略天下的大志，再加上他文章中，時見「傷時之語，罵坐之言」的狂氣，很早即爲他招來不少困擾。這一困擾，從他早年在詩詞創作中，即不時出現深爲文字懺悔，而有意收狂向禪，卻又無法徹底做到的矛盾看出端倪。在《小奢摩詞選》的諸闋詞中，如〈齊天樂〉中的「繙遍華嚴，懺卿文字苦」、《綺寮怨》中的「傷心怕吟，要銷遣除聽千偈音」、〈在醜奴兒〉中的「春來沒個關心夢，自懺飄零，不信飄零，請看床頭金字經」、〈齊天樂〉中的「相逢怕覓閒文字，替卿療可春病。……參禪也可，笑有限狂名，懺來易盡。」都是他這種矛盾情緒的深沈發洩。

　　龔自珍因文字魔障所帶來的痛苦，除參禪讀經，以求寬慰外，更進一步將佛教的輪迴思想帶進詩中，作爲自解的聊賴。在〈鄰兒半夜哭〉中，他就說：

　　　　鄰兒半夜哭，或言憶前生；前生何所憶？或者變文名。我
　　　有一篋書，屬草殊未成，塗乙迨一紀，甘苦萬千幷！百憂

消中夜，何如坐經營？剪燭蹶然起，婢笑妻復嗔；萬一明
朝死，墮地淚縱橫。

詩作時間，適逢他二次會試落第，再加上平日因「傷時之語，罵坐之
言」，所遭來的蜚語，可想見其心情處境的惡劣。這種「百憂消中夜，
何如坐經營」的心情，也可從〈雜詩，己卯自春徂秋，在京師作，得
十有四首〉之二的「常州莊四能憐我，勸我狂刪乙丙書」、之八的「貴
人相訊勞相護，莫作人間清議看」，尋得背景根源。

　　值得注意的是，在〈雜詩，己卯自春徂秋，在京師作，得十有四
首〉之十四中的「洗盡狂名消盡想，本無一字是吾師」，已透露他有
意轉向佛禪的心理變化。此自我解嘲的「白雲一笑懶如此」，已轉成
蕭散消極的虛無態度。不僅有意將年少因幽情麗想所帶來的狂名一筆
勾銷，並且直道「本無一字是吾師」。這是他詩文創作中，第一次出
現因外在環境的衝擊，而有意斷絕文字因緣，逃禪遁佛的自白。

　　不過，龔自珍這種逃禪的心理並未持續很久，它祇是一時消沉情
緒的反射而已。在隔年的〈驛鼓三首〉之三中，雖還透露出自我懺
悔，有意收狂向禪的嚮往：

書來懇款見君賢，我欲收狂漸向禪。早被家常磨慧骨，莫
因心病損華年。花看天上祈庸福，月墮懷中聽幻緣。一卷
金經香一炷，懺君自懺法無邊。

但，在〈觀心〉中，其心緒的千頭萬緒，卻又表露無遺：

結習真難盡，觀心屏見聞。燒香僧出定，譁夢鬼論文。幽
緒不可食，新詩亂如雲。魯陽戈縱挽，萬慮亦紛紛。

結習的深固，使他新詩亂雲，萬慮紛紛。即使手中握有魯陽之戈，亦
難棄絕一切外在的聞見，進入觀心入定的境界。在〈又懺心一首〉中，
他更明白點出這種矛盾的情緒：

佛言劫火遇皆銷，何物千年怒若潮？經濟文章磨白晝，幽
光狂慧復中宵。來何洶湧須揮劍，去尚纏綿可付簫。心藥
心靈總心病，寓言決欲就燈燒。

詩中借用佛語，抒寫自己內心無法撫平的矛盾，意象貼切而深刻，是

龔自珍詩文創作中，揉入佛教詞語，極為成功的例子之一。那些氣勢
洶湧的經濟文章，和深情纏綿的詩詞創作，在他強烈的經世之志驅使
下，不分晝夜的，奔騰而出；即使遭遇佛教中無物不摧的劫火，也難
以燒毀殆盡。

　　同樣的矛盾心理，以及有意割斷文字因緣的舉動，亦見於同年的
詩作中。如〈客春，住京師之丞相胡同，有丞相胡同春夢詩二十絕句。
春又深矣，因燒此作，而奠以一絕句〉：

　　　　春夢撩天筆一枝，夢中傷骨醒難支。今年燒夢先燒筆，檢
　　　　點青天白日詩。

又，〈看花〉：

　　　　重花都是重愁根，沒個花枝又斷魂。新學甚深微妙法，看
　　　　花看影不留痕。

〈鐵君惠書，有『玉想瓊思』之語，衍成一詩答之〉：

　　　　我昨青鸞背上行，美人規勸聽分明；不須文字傳言語，玉
　　　　想瓊思過一生。

都可看出他長久沉浸在深沉的矛盾中。但是表達最為強烈的，莫過於
〈戒詩五章〉，如〈之一〉：

　　　　早年攖心疾，詩境無人知。幽想雜奇悟，靈香何鬱伊？忽
　　　　然適康莊，吟此天光日。五嶽走驕鬼，萬馬朝龍王。不遇
　　　　善知識，安知因地犖？戒詩當有詩，如偈亦如喝。

〈之二〉：

　　　　百臟發酸淚，夜湧如原泉。此淚何所從？萬一詩祟焉。今
　　　　誓空爾心，心滅淚亦滅。有未滅者存，何用更留跡？

〈之五〉：

　　　　我有第一諦，不落文字中。一以落邊際，世法還具通。橫
　　　　看與側看，八萬四千好。泰山一塵多，瀚海一蛤少。隨意
　　　　撮舉之，龔子不在斯。百年守斯羅，十色毋陸離。

龔自珍意圖以戒詩行動，泯滅因幽情麗想所帶來思緒的奔騰紛沓，決
心的堅定，可謂前所未有。但正如他在〈跋破戒草〉中說：

> 余自庚辰之秋，戒爲詩，於弢言語簡思慮之指言之詳，然
> 不能堅也。辛巳夏，決藩柢爲之，至丁亥十月，又得詩二
> 百九十一篇。

破戒之後，反而詩興泉湧，一發不可收拾。唯一可以解釋這種反反覆
覆的舉動，是他在與現實環境對抗時，所不時出現的矛盾情緒。

　　從上述，可以得到這樣的結論：龔自珍與佛教之間關係的逐漸加
深，是因爲文字魔障，所帶來的現實失意，使他對於禪宗不立文字的
宗旨，容易產生共鳴。這從其詩中一再出現的「前生何所憶？或者變
文名」、「常州莊四能憐我，勸我狂刪乙丙書」、「洗盡狂名消盡想，本
無一字是吾書」、「心藥心靈總心病，寓言決欲就燈燒」、「今年燒夢先
燒筆，檢點青天白日詩」、「不須文字傳言語，玉想瓊思過一生」、「今
誓空爾心，心滅淚亦滅」以及「我有第一諦，不落文字中」等，欲以
棄絕文字，作爲走向平靜空寂的手段，看出端倪。

　　再者，由此也可以看出，龔自珍對佛教瞭解及嚮往的程度，已
有逐漸深化的傾向。這又使得他與佛教之間的關係，由收狂向禪的
矛盾，轉而進入慧骨深功的參證。在這一時期裡，他不但在立與不
立文字的矛盾上，有了新的處理態度；佛教對他的影響，也有了新的
方向。

貳、慧骨深功的參證時期

　　龔自珍對佛教的態度，由收狂向禪的矛盾掙扎，轉向慧骨深功的
參證修習，是；在他三十歲前後的階段。這一態度的改變，使他逐漸
脫離以前徘徊在入世與出世強烈對立的兩極線上，而能夠較冷靜地在
其中間，選擇一個並行不悖的支撐點。換言之，他可以一邊懷抱著經
世之志，繼續創作大量的詩文，以作爲呼籲改革衰世的利器，而另一
邊當他再度失意時，卻又能不再像從前一樣，將文章視爲愁根，而走
上戒詩的路。佛教在此一時刻，變成了安頓心靈的避風港，而不是毀
滅一切的劫火。

　　龔自珍這一思想的轉變，首先表現在〈能令公少年行〉中。在這首長詩中，龔自珍的口吻雖消極，卻也將逐漸昇高的矛盾情緒，巧妙地緩和下來。一開始，他就扣緊失志的主題說：

> 蹉跎乎公！公今言愁愁無終。公毋哀吟婭奼聲沉空，酌我五石雲母鍾，我能令公顏丹鬢綠而與年少爭光風，聽我歌此勝絲桐。貂毫署年年甫中，著書先成不朽功，名驚四海如雲龍，攫拿不定光影同。微文考獻陳禮容，飲酒結客橫才鋒，逃禪一意歸宗風，惜哉幽情麗想難銷空。

以低姿態的悽切，表達消極的憤恨不滿之情。隨即，又將幽情麗想與逃禪遁佛的情懷排比而出，語氣瀟洒而輕鬆，一掃以前強烈的情緒反應。詩末，則表達了將來生寄託在佛國淨土的心願：

> 噫欸！少年萬恨填心胸，消災解難疇之功？吉祥解脫文殊童，著我五十三中，蓮邦縱使緣未通，他生且生兜率宮。

態度雖然有些消極頹唐，但落實現實的態度，卻隱約可見。這一改變，又可從他在〈與江居士箋〉中，得到佐證：

> 別離以來，各自辛苦，榜其居曰「積思之門」，顏其寢曰「寡懽之府」，名其憑曰「多憤之木」。所可喜者，中夜皎然，於本來此心，知無損爾。……重到京師又三年，還山之志，非不溫縈窹寐間，然不願汩沒此中，政未易有山便去，去而復出，則爲天下笑矣。顧發語言，簡文字，省中年之心力，外境迭至，如風吹水，萬態皆有，皆成文章，水何容拒之哉！萬一竟可還，還且不出，是亦時節因緣至爾。至於與人共爲道，凤所願也。寢負至今，雖遇聰明貴人祇宜用一切世法而隨順之。陳餓夫之晨呻於九賓鼎食之席則叱矣，懇寡女之夜哭於房中琴好之家則諱矣，況陳且懇者之本有難言也乎？

信中，將自己進退之間的分寸，以及難言之隱，陳述得異常清楚。而對心境的描述，也由年少時的酸辣，虎虎生氣，轉而爲「外境迭至，如風吹水，萬態皆有，皆成文章，水何容拒之哉」的態度，雖不改初衷，但語氣顯得從容許多。這種轉變，應是受到佛教影響的結果。而

引他進入這一無上法門的人，是江沅。

　　龔自珍在佛教思想上，所受到江沅的啟迪，從「人小貧窮，周以財帛，亦感檀施，況足下教我求無上法寶乎？人小疾痛，醫以方藥，亦感恩力，況足下教我求無上醫王乎？人小迷跌，引以道路，亦感指示，況足下教我求萬劫息壞乎？」及〈己亥雜詩〉自注中的稱江沅為「予學佛第一導師」，可見一斑。此後，龔自珍與佛教人士的交遊日漸廣泛，積極的整理刊印佛書，撰寫幾近五十篇的佛學論著，讚頌禮拜前代的宗師，甚至誦經發願，以及到晚年的「猶好西方之書」等，都是來自於江沅的深刻影響。

　　龔自珍對佛教的態度，因與江沅的認識，無論在瞭解或嚮往程度上，都有日漸深化的傾向。在〈自寫寒月吟卷成，續書其尾〉中，已可看出他已跨過入門的門檻而漸入佳境：

　　　　曩者各不死，多生業未空。天仍磨慧骨，佛倘鑑深功。意
　　　　識千秋上，光陰八苦中。即將良有待，落落亦高風。

而這種深化，也逐漸融入在他的詩文創作之中。前揭的〈能令公少年行〉，已可見出這種情形。在〈女士有客海上者，繡大士像，而自繡己像禮之，又繡平生詩數十篇綴於尾〉中，更結合佛語，用以述說「平生意」的「簫心」與「劍氣」：

　　　　珠簾翠幕栖嬋娟，不聞中有堅牢仙。美人十五氣英妙，自
　　　　矜辨慧能通禪；遂挾奇心恣縹渺，別以沉痼搜纏綿，吟詩
　　　　十九作空語，夙生入夢爲龍天；妝成自寫心所悟，宗風窈
　　　　窕非言詮。維摩昨日扶病過，落花正遶蒲團前；欲罵綺語
　　　　心爲忍，自故結習同無邊；散花未盡勿饒舌，待汝撒手歸
　　　　來年。

　　在〈黃犢謠〉中，更以歌謠形式，表達他對童年的眷戀，感情真摯而易懂。特別是詩中有作者於佛前的禱念，反覆吟誦，韻味迴旋不已，有別於其他相同題材的作品：

　　　　黃犢躑躅，不離母腹。躑躅何求？乃不如犢牛。畫則壯矣，
　　　　夜夢兒時。豈不知歸？爲夢中兒。無聞於時，歸亦汝怡。

　　　　翹有聞於時，胡不之歸？歸實阻我，求佛亦可。念佛夢醒，
　　　　求佛涕零。佛香漠漠，願夢中人安樂。佛香亭亭，願夢中
　　　　人苦辛。苦辛恆同，樂亦無窮。噫嘻噫嘻！歸苟樂矣，兒
　　　　出辱矣。夢中人知之，佛知之凤矣。

在〈午夢初覺，悵然詩成〉中，他也說：

　　　　不似懷人不似禪，夢回清淚一潸然。瓶花帖妥爐香定，覓
　　　　我童心廿六年。

用禪定的混茫，比喻「一切境未起」、「一切哀樂未中」、「一切語言未
造」的童心。

　　在同一時期的其他詩中，亦不難看見，龔自珍借用佛語，以象徵
心中的渴求。如〈夜坐〉之二中的「萬一禪關砉然破，美人如玉劍如
虹。」以禪關譬喻用人制度的不健全，認為祇要突破此一關卡，人才
即能盡其所用。如〈飄零行，戲呈二客〉中的「萬一飄零文字海，他
生重定定盦詩」，以「文字海」的煩惱深重，表達自己堅持創作的信
念。而在〈西郊落花歌〉中，不僅以「八萬四千天女洗臉罷，齊向此
地傾胭脂」形容落花繽紛的景象，而且以此暗喻自己生平恍惚怪誕的
憂患，意象清麗絕妙而新奇。詩末，結合佛語，傳達自己對新生希望
的渴求，更是綺語灘灘，清詞紛紛：

　　　　先生讀書盡三藏，最喜維摩卷裏多清詞。又聞淨土落花深
　　　　四寸，冥目觀想尤神馳。西方淨國未可到，下筆綺語何灘
　　　　灘？安得樹有不盡之花更雨新好者，三百六十日長是落花
　　　　時。

　　龔自珍從三十歲前後，到辭官南下以前這段期間，對佛教的態度
轉變，及佛教對他詩文創作的影響，已敘述如前。就像他在〈題鷺津
上人書冊〉中說：「以詩通禪古多有，以禪通字譬喻醒。師如法王法
自在，吾誓願學修吾今。」一樣，不僅對鷺津上人表達了堅決向佛的
態度，也在創作中，實踐了「詩禪相通」相通的古訓。

　　不過，從他給江沅的信中也可以看出，儘管佛教安撫了他不少因
現實的種種失意，所帶來的不平與憤恨，使他幾度興起歸隱的念頭。

但是強烈的經世之心，終究使他在屢遭困境之後，雖不願意向流合污，為天下所恥；卻也不願意在壯志未酬之前，就遽然歸隱，為天下所笑。這種寧為玉碎的褊狹性格，加上日漸加劇的社會矛盾，終使他更加潛心向佛，甚至發大心願，以求內心的平靜。

參、詆禪論相的深造時期

　　龔自珍晚年對佛教的崇信，已經跨越參證的用功階段，進入詆毀狂禪，宣揚諸法實相的深造時期。魏源在〈定盦文錄序〉中，對他晚年與佛教的關係，就作了「晚尤好西方之書，自謂造深微云」〔註57〕的描述。我們誦讀他在〈庚子雅詞〉中的「佛前容我攤經坐，細剔龕燈，多謝詩僧，明夜挐舟又羽陵」、「一簫我漫遊吳市。傍龕燈來稱教主，琉璃燄起」以及〈己亥雜詩〉中的「百年心事歸平淡，刪盡娥眉惜誓文」，就可知道他晚年研讀佛經，耽溺其中，以及自負深微的情形。

　　龔自珍在三百一十五首的〈己亥雜詩〉中，運用佛教詞語或典故進行創作的，約有四十首左右。在四十首詩中，有討論佛教宗派思想的，不僅可以從中瞭解他晚年佛教思想的變化，而且可以看出他援儒入佛的情形。有記述他晚年愛情故事的，這在他現存的詩詞創作中，是一大特色。而他的以佛寫色，更為傳統詩歌的題材，開闢新的途徑。其他還有少數幾首，則是運用佛教詞語，概括一生飄零的身世，亦值得注意。以下，即分別由以佛寫儒，以佛寫佛以及以佛寫色，討論龔自珍晚年創作所受到佛教影響的情形。

一、以佛寫儒

　　龔自珍的以佛寫儒，實際上是援儒入佛。是他希望借著佛教詞語的運用，表達內心無法撫平的經世激情。這種手法的運用，在他中年時期的創作中也有過，而且用得極巧妙，具有很高的藝術價值，如

〔註57〕轉引自《資料集》，頁31。

〈又懺心一首〉就是很著名的例子。在〈己亥雜詩〉中，他更刻意的安排在首尾的兩首詩上，可見他晚年醉心佛教的程度。

　　龔自珍的被迫辭官，乃至不攜妻小，行色匆匆的出京南下的，的確為他「虎虎生氣」的一生，帶來毀滅性的打擊。一般人咸以為就如他自己所說的：「設想英雄垂暮日，溫柔不住住何鄉」以及「才人老來例歸禪」一樣，就此消沉下去，一蹶不振了。但是一出京城，在〈己亥雜詩〉的第一首中，他就開宗明義的說：

　　　　著書何似觀心賢，不奈卮言夜湧泉。百卷書成南渡歲，先
　　　　生續集在編年。

詩中借著佛教天台宗的詞語，在「何似觀心賢」一語上，發出深沉的慨嘆。然後再接再厲的公開宣告自己，並不甘心屈服退讓，還要搖起筆桿，從事著議的工作。由此可見他血性的剛烈，決不使人世一物磨損其崢嶸的鋒芒。

　　在〈己亥雜詩〉的最後一首中，龔自珍同樣借用了佛經中的「無有言說」，作為全詩的總結：

　　　　吟罷江山氣不靈，萬千種話一燈青。忽然擱筆無言說，重
　　　　禮天台七卷經。

詩的前兩句，暗示自己儘管千言萬語，力挽頹勢，但舉世卻依然酣睡太平，沉痼難起。這樣一來，自己似乎祇能聽從佛教善哉無言的道理，重新埋首在天台宗的經文裏了。語氣誠然有些消極，但在與開頭第一首詩的一揚一抑，一開一闔之間，借用佛教詞語對自己矛盾的一生作了總結。

　　除了一頭一尾的兩首詩外，在〈己亥雜詩〉中，龔自珍還揉入佛教詞語或典故，用以說明自己離京後的心情。如第十首，就借用佛徒不三宿空桑樹下的戒律，反襯自己的留戀先人遺澤，不忍遽去：

　　　　進退雍容史上難，忽收古淚出長安。百年慕轍低徊遍，忍
　　　　作空桑三宿看。

　　又如第二二首，連用「三觀」、「七藏」、「三昔」的佛經名稱，以及「懺摩」的西土音，表示自己日誦佛經，夕惕梵文，不忘憂忡的

心情：

　　車中三觀夕惕若，七藏靈文電熠若，懺摩重起耳提若，三
　　普貫珠纍纍若。

　　復如第九十首及第一五一首兩首，則借用佛教詞語，如「聲聞」、
「人天大法王」、「第三禪」、「人道」的譬喻，醒悟歷盡劫數的一生，
是自己自蹈苦海的結果：

　　過百由旬煙水長，釋迦老子怨津梁。聲聞閉眼三千劫，悔
　　慕人天大法王。

　　小別湖山劫外天，生還如證第三禪。台宗悟後無來去，人
　　道蒼茫十四年。

　　從以上所舉諸例來看，龔自珍的援儒入佛，以佛寫儒，在傾向
上，有消極與積極兩種。這正符合出他一生時而奮發向上，時而頹唐
消極的矛盾性格與人生取徑。

二、以佛寫佛

　　龔自珍在〈己亥雜詩〉中，有不少是討論佛教宗派的思想，這就
是他的以佛寫佛。其中除少數的幾首外，主要的立論，都放在毀詆狂
禪，宣揚實相的天台宗。如第七八首、第一四一首、第一四六首、第
一四七首及第一六六首：

　　狂禪鬪盡禮天台，掉臂琉璃屏上回。不是瓶笙花影夕，鳩
　　摩枉譯此經來。

　　鐵師講經門徑仄，鐵師念佛頗得力。似師畢竟勝狂禪，師
　　今遲我蓮花國。

　　有明像法披猖後，荷擔如來兩尊宿。龍樹馬鳴齊現身，我
　　聞大地獅子吼。

　　道場黬塌雨花天，長水宗風在目前。一任揀機參活句，莫
　　將文字換狂禪。

　　震旦狂禪沸不支，一燈慧命續如絲。靈山未歇宗風歇，已
　　過龐家日眚時。

　　龔自珍之所以對禪宗後期的強調機鋒棒喝，呵佛罵祖、否定經典，如此的不以爲然。主要是狂禪容易遁入虛無的表現形式，與他經世致用的思想背道而馳。他不僅在詩歌中大加韃伐，在幾篇重要的佛學論文，如〈支那古德遺書序〉等，也都不遺餘力的加以批評。這與他在〈最錄列子〉中，以「未可以措手足」批評莊子的態度，是一致的。事實上，龔自珍之所以極力宣揚天台宗的實相論，也是從這個角度出發。如第一六一首、第一六五首、第一八八首、第二一九首及第二二六首，都可看到這種思想的性格：

> 如何從假入空法？君亦莫問我莫答。若有自性互不成，互不成者誰佛刹？

> 我言送客非佛事，師言不送非佛智；雙照送是不送是，金光大地喬松寺。

> 杭州風俗鬧蘭盆，綠蠟金爐梵唱繁。我說天台三字偈，勝娘膜拜禮沙門。

> 何肉周妻業並深，台宗古轍幸窺尋。偷閒頗異凡夫法，流水池塘一觀心。

> 空觀假觀第一觀，佛言世諦不可亂。人生宛有去來今，臥聽簷花落秋半。

　　可惜的是，龔自珍這些以佛寫佛的詩作，從詩歌的審美角度來看，已失去他慣有的清麗風格。所呈現者，多的是偈語一樣乏味難嚼的詩句。這樣的結果，雖大半已決定於內容，但他未能在形象上，多作鍛練，應是重要的因素之一。

三、以佛寫色

　　龔自珍對於他晚年與靈簫之間的愛情，也多借用佛教詞語或典故，作爲譬喻。我們可經由此一修辭手法的特色，更加瞭解他晚年的詩歌創作，與佛教之間的密切關連。

　　傳統詩人中，以佛語寫男女愛情故事的，龔自珍應不是第一個，

但他卻是大量使用的一個。在〈己亥雜詩〉中，計有四十首，是與佛教詞語有關的詩作，而其中寫愛情的，就有十二首之多。這十二首詩中，有寫他與靈簫相遇時的驚悟，如第九十七首，就借用《維摩詰所說經》中，天女散花的故事，比喻自己的結習深重，於長久的修研佛理之後，依然無法忘情於色界，以襯托出靈簫的令人銷魂：

> 天花拂袂著難銷，始愧聲聞力未超。青史他年煩點染，定公四紀遇靈簫。

有寫他與靈簫交往中的靦腆怯情。如第九十八首，便以「劫塵」、「初禪」等佛教詞語，描寫兩人定情之後，自己的恍然若失，借以烘托靈簫的重情：

> 一言恩重降雲霄，塵劫成塵感不銷。未免初禪怯花影，夢回持偈謝靈簫。

有寫他與靈簫兩人在情感上的波折風浪。如第二四二首，就借著「空王」一詞表達自己的無可奈何的歉意：

> 誰肯心甘薄倖名？南義北駕怨三生。勞人只有空王諒，那向如花辨得明？

有寫靈簫的男子氣概與絕色天仙。如第二五三首、第二五七首及第二六一首，就借著《最勝王經》中的堅牢（娑羅）樹，及《法華經》中的優曇缽花，讚美靈簫不似一般女子的嬌喘善顰，而是有著不凡的英氣與天姿。

> 玉樹堅牢不病身，恥爲嬌喘與輕顰。天花豈用鈴旛護，活色生香五百春。

> 難憑肉眼識天人，恐是優曇示現身。故遣相逢當五濁，不然誰信上仙淪？

> 絕色呼他心未安，品題天女本來難。梅魂菊影商量遍，忍作人間花草看？

有寫靈簫修書致歉後，自己欲與之廝守一生的強烈心願。如第二六八首、第二七五首，即以「兜率」一詞，表現這種無悔的決心：

> 萬一天填恨海平，羽琌安穩貯雲英。仙山樓閣尋常事，兜

率甘遲十劫生。

絕業名山幸早成，更何方法遣今生？從茲禮佛燒香罷，整
頓全神注定卿。

有寫與靈簫分手後的覺悟。如第二七九首，以「天花」喻靈簫，
以因緣論歸咎這段感情的發生，並在附記中，表明自己不再為靈簫有
詩的決心：

閱離天花悟後身，為誰出定亦前因。一燈古店齋心坐，不
似雲屏夢裡人。

從以佛寫色方面來看，龔自珍借用佛教詞語，或典故，抒寫個人
晚年的戀愛事蹟，顯然比他以佛寫佛，及以佛寫儒，要耐人咀嚼些。
但同樣是借用宗教典故，他在借用佛教上，無論意象的鍛練，或感情
的融入，似乎都不及他在〈小遊仙詞十五首〉中來得深刻，而富有概
括性的形象價值。這同樣也是未多花一些力氣提煉的結果。但至少
有一點值得重視的，即龔自珍自覺地大量使用佛教詞語及典故，以描
寫男女私情，在開拓詩歌題材上的功勞，是應該給予肯定的。這個觀
點如能成立，那麼，他在近代文學史上所開創的風氣，就不祇是前人
所說的那些而已。今人盧前曾以「紅禪兩字最相宜」〔註58〕，評論龔
自珍一生及其創作上的特色。而龔自珍自己也說「若論兩字紅禪意，
紅是他生禪此生」。可見在其一生中，佛教與兒女情長是佔著何等的
地位！

〔註58〕轉引自《資料集》，頁 288。

第五章　龔自珍的文學思想研究

　　龔自珍的文學思想，由於個人「口絕論文」的主觀因素限制，雖未構建成縝密的理論系統，但是，仍然有值得深入研究的地方。依據其思想的形態，大略可歸納爲「尊情」與「尊史」兩大範疇。

　　不過，在正式進入討論主題之前，仍有必要針對龔自珍所以「口絕論文」的情形略作交待。在〈與張南山書〉中，龔自珍曾自負地告訴張氏說：

> 文集尚未寫定，此時無可言者，惟將來寫出，有一事欲與
> 古人爭勝，平生無一封與人論文書也。自負之狂言，幸爲
> 先生發之。〔註1〕

也許龔自珍眞的自負到對於當時一般文士的作品，不屑一顧。但事實上，是另有緣故的。在〈續溪胡戶部文集序〉中，他就說：

> 古之民莫或強之言也。忽然而自言，或言其情焉，或言其
> 事焉，言之質弗同，既皆畢所欲言而去矣。後有文章家，
> 強尊爲文章祖，彼民也生之年，意計豈有是哉？且天地不
> 知所有然，而孕人語言，人心不知所由然，語言變爲文章。
> 其業之有籍焉，其成之有名焉，殽爲若干家，釐爲總集若
> 干，別集若干。又劇論其業之苦與甘也，爲書一通。又就

〔註1〕見楊天石〈龔自珍集外文〉，收入《中國近代文學論文集‧詩文卷》
　　　　（1949～1979），中國社會科學出版社，1984年9月第一版，頁227。

已然之跡，而畫其朝代，條其義法也，爲書若干通。

這顯然是針對當時文壇矜言宗派與義法的風氣而發。他認爲這將造成文壇互相標榜的混亂局面：

> 舁人輿者，又必有舁之者，層層雲礽，又必有祖禰者。日月自西，江河自東，聖知復生，莫之奈何？

對於文壇這種疊床架屋的模擬流弊，龔自珍所採取的對應態度，便是「口絕論文」：

> 不幸不發於言，言滿南北；口絕論文，瘖於苦甘；言之不戢，以爲口實；獨不論文得失，未嘗爲書一通。高扃筍中，效韓媲柳，以筆代口，以論文名，覆按有無；子胡決其藩而鏉其例。

而主張恢復到像古人那樣的誠懇而言：

> 其率是以言，繼是以言，勤勤懇懇，以畢所欲言，其胸臆滌除餘事之甘苦與其名，而專壹以言！

這種「立其誠」的講求，幾乎是龔自珍的文學思想的出發點。「尊情」與「尊史」二說，也都是奠基在「誠」的基礎上的。在〈識某大令集尾〉中，對於這種偏重作文之法，「非能躬行實踐，平易質直」，但「以文章議論籠罩從游士」的弊端，龔自珍就總結說：

> 或告之曰：文章雖小道，達可矣，立其誠可矣。又告之曰：孔子之聽訟，無情者不得盡其辭。今子之情何如？又不聽。乃言曰：我優也，言無郵，竟效優施之言，以迄於今之死。

這是《全集》中少見有關文學批評範疇的言論的原因所在。也是龔自珍的文學思想雖深刻，卻未能構建成縝密的理論系統的根源因素。

第一節　尊情說的研究

我國傳統的詩文評中，言情論一直是與言志論長相抗衡的。它們之間互爲消長的情形，也就是古典文學思想發展的歷史。龔自珍的一再重申「尊情」的主張，自然有其現實的背景因素存在。但這一主張

的提出，從史的角度來看，它是不可能置身於傳統理論的籠罩之外的；在一定的程度上，它也應是生發自前人的舊說，再經過龔自珍個人的通變，纔提出的。在本章節中，我們將探本溯源，努力尋求「尊情說」的傳統淵源，進而論述其重新提出後的嶄新意義，並且討論幾個在「尊情」範疇的規範之下，所衍生出來的文學概念，以便對此一學說的來龍去脈，有更深入的瞭解。

壹、尊情觀念的繼承

龔自珍所提出的「尊情說」，若從文學思潮的發展來看，它應該是總結自明代中葉以後，一股在道學壓力下，要求思想自由，個性解放的人文思潮的結果。這股潮流，就其學說的取徑，又可分為兩個路向。一是以李卓吾、湯顯祖、公安派袁氏兄弟以及袁枚等人為主的路向；一是以黃宗羲、賀貽孫及廖燕等人為主的路向。這兩種路向的論述，就其肯定情性的基本意義而言，都是一致的；但因彼此所面對的的時代有異，因而有了截然不同的面貌呈現。不過，都對龔自珍的提出「尊情說」，有著重大的啓示意義。

一、所受李卓吾「童心說」的影響

龔自珍的「尊情說」，所受李卓吾的影響，主要表現在「童心」與「私心」的肯定意義上。

1、童心

「童心說」是李卓吾文學思想的中心。在〈童心說〉一文中，他不僅將「童心」視爲天下至文的創作根源，也將文章好壞的評論標準，都繫在「童心」的身上：

> 天下之至文，未有不出于童心者焉也。苟童心常存，則道
> 理不行，聞見不立，無時不文，無人不文，無一樣創制體
> 格文字而非文者。〔註2〕

〔註2〕轉引自《中國美學史資料彙編》（下），明文書局，1983年8月，頁135。

但甚麼是「童心」呢？在前揭文中，他說：

> 夫童心者，眞心也。若以童心爲不可，是以眞心爲不可也。
> 夫童心者，絕假純眞，最初一念之本心也。若失卻童心，
> 便失卻眞心；失卻眞心，便失卻眞人。人而非眞，全不復
> 有初矣。

文章的好壞，不僅端視「童心」的有無？連人的可取與否，也還是在
於「童心」的保有或喪失。李卓吾所以如此看重「童心」，將之視爲
無上至寶；主要是因爲當時假風當道，人人以假自喜。而醫治虛假的
良藥，就是絕假的純眞，就是本心，也就是「童心」：

> 夫既以聞見道理爲心矣，則所言者皆聞見道理之言，非童
> 心自出之言也。言雖工，於我何與，豈非以假人言假言，
> 而事假事文假文乎？蓋其人既假，則無所不假矣。由是而
> 以假言與假人言，則假人喜；以假事與假人道，則假人喜；
> 以假文以假人談，則假人喜。無所不假，則無所不喜。滿
> 場是假，矮人何辯也？〔註3〕

李卓吾爲了「絕假」，而提出「純眞」的「童心」，以作爲對治的
背景；在龔自珍的清朝道嘉時期亦然。在〈述思古子議〉中，龔自珍
就說：

> 言也者，不得已而有者也。如其胸臆本無所欲言，其才武
> 又未能達於言，彊之使言，茫茫然不知將爲何等言；不得
> 已，則又使之姑效他人之言，效他人之種種言，實不知其
> 所以言。於是剽掠脫誤，摹擬顚倒，如醉如囈以言，言畢
> 矣，不知我爲何等言。

所謂「胸臆本無所欲言」、「彊之使言」、「剽掠脫誤，摹擬顚倒，如醉
如囈以言」，其實也就是李氏的「假言」。因此，在面對同樣「假言」
當道的文壇風氣，龔自珍的取徑，也就同李卓吾一樣，以恢復本眞爲
主要的訴求對象。

龔自珍在詩中，就曾表達自己對「童心」的執著與渴望。如〈午

〔註3〕同上。

夢初覺，悵然詩成〉：

> 不似懷人不似禪，夢回清淚一潸然。瓶花帖妥爐香定，覓
> 我童心廿六年。

又，〈夢中作四截句〉：

> 黃金華髮兩飄蕭，六九同心尚未消。叱起海紅簾底月，四
> 廂花影怒於潮。

〈己亥雜詩〉第一七〇首：

> 少年哀樂過于人，歌泣無端字字眞。既壯周旋雜癡黠，童
> 心來復夢中心。

在〈太常蝶仙歌〉中，他更以積極的口吻說：

> 道欲十丈，不如童心一車。

龔自珍與李卓兩人對「童心」的同樣執著，應不是偶然的巧合，而是
在同一時代背景下，前者援引後者，以古爲今所用的結果。

2、私心

除了「童心」之外，在肯定人的「私心」方面，龔自珍也受到李
卓吾很大的啓發。李卓吾的「私心說」，是順著「童心說」講上去的。
在〈德業儒臣後傳〉中，他就揭示了「人必有私」的觀念，認爲人之
有私，是保證人所以可眞、能眞的重要關鍵所在：

> 夫私者，人之心也；人必有私，而後其心乃現；若無私，
> 則無心矣。〔註4〕

人有了「私」，「心」就能顯現。「心」能顯現，「眞」就能顯現。這就
表示人能遂其所私，就能各得其情。能各得其情，就能各自自然流露
眞情，不再因外界的束縛，以假爲眞。如此一來，文學也就能眞；而
「眞」的文學，也就是天下至文了。李卓吾就是由此，爲文學在創作
上，應講求「自然之美」，而不能「一律求之」的主張，尋到了理論
的依據。在〈讀律膚說〉中，他就說：

> 蓋聲色之來，發於情性，由乎自然，是可以牽合矯強而致

〔註4〕李卓吾《藏書》卷廿四，學生書局。

乎？故自然發於情性，則自然止乎禮義，非情性之外復有
禮義可止也。惟矯強乃失之，故以自然之爲美耳，又非於
情性之外復有所謂自然而然也。……有是格，便有是調，
皆情性自然之謂也。莫不有情，莫不有性，而可以一律求
之哉！〔註5〕

李卓吾的「私心說」，不僅爲文學在創作上，應講求「自然」的主張，
找到了理論的根據，更爲當時爲傳統道德所束縛的個性自由，在要求
解放上，尋得了有力的支柱。

　　而龔自珍在肯定「人必有私」的立場上，也是同樣是針對當時
文壇風氣「滿場皆假」的弊端而發。在〈論私〉中，他開宗明義就
說：

朝大夫有受朋有之請謁，翌晨，訐其有於朝，獲直聲者，
矜其同官曰：「某甲可謂大公無私也已。」龔子聞之，退而
與龔子之徒論私義。

接著，他遍舉天地日月有私、聖帝哲后有私、忠臣孝子、寡妻貞婦有
私的例子，認爲凡人皆有私心；沒有私心，衹有禽獸而已。一方面諷
刺當時慣以「大公無私」自我標榜，借以招攬直聲的官場風氣，另一
方面肯定「人必有私」的觀點，公然爲「私」辯護：

且夫狸交禽媾，不避人於白晝，無私也。若人則必有閨闥
之蔽，房帷之設，枕席之匵，頰頰之拒矣。禽之相交，徑
直何私？孰疏孰親，一視無差。尚不知父子，何有朋友？
若人則必有孰薄孰厚之氣誼，因有過從讌游，相援相引，
款曲燕私之事矣。今日大公無私，則人耶？則禽耶？

事實上，龔自珍在公然爲「私」辯護的同時，也就等於承認了
「民我性不齊」的事實。其涵義，是與李卓吾的「物之不齊，物之情
也」的觀點一致的。同樣是指人在智慧、能力上的差別而言。在〈壬
癸之際胎觀第二〉中，他就說：「民我性不齊，是智愚、彊弱、美醜
之始。」人在智慧、能力等方面，既有等級之差，那麼，意志的力量，

也就格外的被看重，而加以揭示出來。在〈壬癸之際胎觀第四〉中，他就說：

> 心無力者，謂之庸人。報大仇，醫大病，解大難，謀大事，學大道，皆以心之力。

肯定「心」的偉大力量，也就等於給予個人意志自由創造的空間。如此一來，個性即能得到舒展，而「我」的地位與價值，也就隨之被歌頌崇揚起來。在〈壬癸之際胎觀第一〉以及〈壬癸之際胎觀第九〉等文章中，他就說：

> 天地，人所造，眾人自造，非聖人所造。聖人也者，與眾人對立，與眾人為無盡。眾人之宰，非道非極，自名曰我。
>
> 我光照日月，我力照山川，我變造毛羽肖翹，我理造文字言語，我氣造天地，我天地又造人，我分別造倫紀。
>
> 群言之名我也無算數，非聖人所名；聖何名？名之以不名。
> 群言之名物也無算數，非聖人所名；聖何名？名之曰我。

　　龔自珍從人性的問題出發，承認了「人必有私」的道理，肯定了「物性不齊」的事實，進而認定「心」的力量，使得個人意志創造的空間得以自由，而自我的地位與價值，也就從傳統道學的禁錮中獲得解放。這一思想的發展，從上述來看，主要即是拜李卓吾之賜。

二、所受湯顯祖「唯情說」的影響

　　繼李卓吾之後，湯顯祖的「唯情說」，也對龔自珍的「尊情說」發生了影響。由於湯顯祖與李卓吾的情誼非淺，而後者又是當時解放個性運動的旗手，所以，湯顯祖有關「唯情說」的訴求重點，和李卓吾的「童心說」大同小異，都站在要求個性解放的立場上用力。

　　湯顯祖的「唯情說」，主要是以崇揚「情」的方式，對宋明道學籠罩下的理法制度，展開反擊的。他的重「情」，除了表現在詩文創作外，著名的「四夢」劇作，更是重情的體現。在〈復甘義麓〉的書信中，他就有「因情成夢，因夢成戲。」〔註6〕的自白。可見「情」

〔註6〕《湯顯祖集》，上海人民出版社，1973 年 7 月，頁 1367。

是湯氏撰寫〈南柯〉、〈邯鄲〉二夢的最大源頭。

而湯氏一生行事的標竿，更是以「情」作爲主要依循的準則。在〈續棲賢蓮社求友文〉中，他就說：

> 歲與我甲寅者再矣。吾猶在此爲情作使，劬於伎劇。爲情轉易，信於痃癖。時自悲憫，而力不能去。嗟乎，想明斯聰，情幽斯鈍。情多想少；流入非類。吾行於世，其於情也不爲不多矣，其於想也則不可謂少矣。〔註7〕

因此，在〈耳伯麻姑遊詩序〉中，他就進一步認爲「情」是一切文學創作的根源：

> 世總爲情，情生詩歌，而行于神。天下之聲音笑貌大小生死，不出乎是。因以憺蕩人意，歡樂五蹈，悲壯哀感鬼神風雨鳥獸，搖動草木，洞裂金石。〔註8〕

又，〈宜黃縣戲神清源師廟記〉：

> 人生而有情。思歡怒愁，感於幽微，流乎嘯歌，形諸動搖。或一往而盡，或積日而不能自休。〔註9〕

但是，湯顯祖的「唯情說」，並不同於一般傳統裡有關「情」的論述。他所強調的「情」，是有其特殊的社會意義的。首先，他是以「情」和當時道學家口中的「理」相抗衡。希望「情」能夠從「理」的束縛中解放出來，賦予它自己存在的權利。在〈牡丹亭記題詞〉中，他就借著讚揚杜麗娘的有情，大舉討伐「理」的大纛說：

> 天下女子有情寧有如杜麗娘者乎。夢其人即病，病即彌連，至手畫形容傳於世而後死。死三年矣，復能溟莫中得其所夢者而生。如麗娘者，乃可謂之有情耳。情不知所起，一往而深，生者可以死，死者可以生。生而不可與死，死而不可復生者，皆非情之至也。夢中之情，何必非眞。天下豈少夢中之人耶。必因薦枕而成親，伐掛冠而爲密者，皆

〔註7〕 同註5，頁1161。
〔註8〕 同註5，頁1050。
〔註9〕 同註5，頁1127。

形骸之論也。〔註10〕

湯氏的崇情，幾乎已到了「柏拉圖式」的精神戀愛的境界。不過，重
點不在這裡，而是在於他以情與理相抗衡的這一點上：

> 嗟乎！人世之事，非人世所可盡。自非通人，恆以理相格
> 耳。第云理之所必無，安知情之所必有邪？〔註11〕

又，〈寄達觀〉：

> 「情有者理必無，理有者情必無」。真是一刀兩斷語。〔註12〕

其次，湯氏也以「情」和當時專制制度下產生的「法」相抗衡，
而嚮往自己所處的時代，是一個有情的天下，而不有法的天下。在
〈青蓮閣記〉中，他就借著道人之口說：

> 世有有情之天下，有有法之天下。唐人受陳隋風流，君臣
> 遊幸，率以才情自勝，則可以共浴華清，從階升，娛廣寒。
> 令白也生今之世，滔蕩零落，尚不能得一中縣而治。彼誠
> 遇有情之天下也。今天下大致滅才情而尊吏法，故季宣低
> 眉而在此。假生白時，其才氣凌屬一世，倒騎驢，就巾拭
> 面，豈足道哉。〔註13〕

湯氏認為，除道學所講求的「理」外，當時的「吏法」，也是泯滅才
情，造成無情天下的主要原因之一。其危害的程度之大，即使奇情奇
才如李白者，生於其時，也無從發揮他的才能。

龔自珍的「尊情說」，與湯顯祖的「唯情說」，在要求解放個性方
面，能夠古今取得默契，主要也是在他對「情」的態度上。在〈長短
言自序〉中，對於道學家所禁錮的情感，龔自珍不僅表明寬宥的態度，
還進一步尊崇起來：

> 情之為物也，亦嘗有意乎鋤之矣；鋤之不能，而反宥之；
> 宥之不已，而反尊之。

龔自珍所以有意鋤情，是因為在當時的道學家口中，情和欲是聖人期

〔註10〕同註5，頁1693。
〔註11〕同上。
〔註12〕同註5，頁1268。
〔註13〕同註5，頁1113。

期以爲不可的東西，是足以令人沉淪陷溺於痛苦深淵的。在〈宥情〉
中，他就設問說：

> 甲曰，有士於此，其於哀樂也，沈沈然，言之而不厭，是
> 何若？乙曰：是媟嫚之民也。許愼曰：「情，人之陰氣有欲
> 者也。」聖人不然，清明而彊毅，無畔援，無歆羨，以其
> 旦陽之氣，上達於天。陰氣有欲，豈美談耶？……以情隸
> 欲，無以處夫哀樂之正而非欲者，且人之所以異於鐵牛、
> 土狗、木寓龍者安在？……以欲隸情，將使萬物有欲，畢
> 詭於情，而情且爲穢墟，爲罪藪。

而後來他所以又宥之的原因，是因爲情和欲，是眾人身上普遍存在的
事實，是不容刻意以人的力量加以除去的：

> 龔子閒居，陰氣沉沉而來襲心，不知何病，以�江沅。江
> 沅曰：我嘗閒居，陰氣沉沉而來襲心，不知何病。……龔
> 子又嘗取錢枚長短言一卷，使江沅讀。沅曰：異哉！其心
> 朗朗乎無滓，可以逸塵埃而登青天，惜其聲音瀏然，如擊
> 秋玉，予始魂魄近之而哀，遠之而益哀，莫或沉之，若或
> 墜之。

不僅龔自珍自己感到「陰氣沉沉而來襲心」，友人江沅亦是如此，而
誦讀錢枚的詞作，也有同樣的感受；說明情欲乃是眾人普遍所共有的
東西，不能壓抑，也無法壓抑，所以宥之。

因此，儘管龔自珍在〈長短言自序〉中，明確意識到「凡聲音之
性，引而上者爲道，引而下者非道，引而之於日陽者爲道，引而之於
暮夜者非道；道則有出離之樂，非道則有沉淪陷溺之患。」但他還是
「雖曰無住，予之住也大矣；雖曰無寄，予之寄也將不出矣」的耽溺
於「尊情」之中。

而龔自珍「尊情」的結果，也使他進一步將情的眞假，視爲判斷
詩歌好壞的標準。在〈歌哭〉中，他就說：

> 閱歷名場萬態更，原非感慨爲蒼生。西鄰弔罷東鄰賀，歌
> 哭前賢較有情。

這種情形，與湯顯祖所謂「爲情轉易，信於痃癖。時自悲憫，而力不能去。嗟乎，想明斯聰，情幽斯鈍。情多想少，流入非類。」是絕對相類的。同樣是肯定「情」的力量，也同樣是解放個性的主張。這一類同，也應不是偶然的巧和！而是後者對前者的繼承結果。

三、所受袁氏兄弟「性靈說」的影響

由於袁氏兄弟中的袁宏道，與李卓吾有師弟相承的關係，而他的文學思想又是公安派的代表。因此，公安派的論述重心，也都在李卓吾的強烈籠罩下，集中反映了要求個性解放的主張。而李卓吾的「童心說」、湯顯祖的「唯情說」，換在袁氏兄弟的身上，就成了「性靈說」。這是他們文學思想的主要範疇。在〈敘小修詩〉中，袁宏道就說：

> 大都獨抒性靈，不拘格套，非從自己胸臆流出，不肯下筆。
> 有時情與境會，頃刻千言，如水東注，令人奪魄。其間有
> 佳處，亦有疵處，佳處自不必言，即疵處亦多本色獨造語。
> 然予則極喜其疵處；而所謂佳者，尚不能不以粉飾蹈襲爲
> 恨，以爲未能盡脫近代文人氣息故也。〔註14〕

所謂「獨抒性靈」，指的就是從自己胸中一一流出，各抒己見，各有自己的面貌而言。這種特別強調作者眞實情感與個性的主張，在袁宏道〈答李元善〉、〈與丘長孺書〉的文章中，也可見到：

> 文章新奇無定格，只要發人所不能發，句法、字法、調法，
> 一一從自己胸中流出，此眞新奇也。〔註15〕

> 大抵物眞則貴，眞則我面不能同於君面，而況古人之面
> 耶？〔註16〕

袁氏兄弟對於文學的獨創性，所以如此不遺餘力的提倡，主要也是因爲當時文壇風氣，剿襲模擬成習，萬口一響，全然喪失作者自己

〔註14〕同註2，頁167。
〔註15〕同註2，頁170。
〔註16〕同註2，頁170。

的面目。在〈雪濤閣集序〉中，袁宏道就感慨地說：

> 近代文人，始爲復古之說以勝之。夫復古是已，然至以剿
> 襲爲復古，句比字擬，務爲牽合，棄目前之景，摭腐濫之
> 辭，有才者絀於法而不敢自伸其才，無才者拾一二浮泛之
> 語，幫湊成詩。智者牽於習而愚者樂其易。一倡億和，優
> 人驪從，共談雅道。吁！詩至此抑可羞哉！〔註17〕

又，〈敘梅子馬王程稿〉：

> 梅子嘗語余曰，詩到之穢，未有如今日者；其高者，爲格
> 套所縛，如鍛翮之鳥，欲飛不得。而其卑者，剽竊影響，
> 若老嫗之敷粉，其能獨抒己見，信心而言，寄口於腕者，
> 余所見蓋無幾也。〔註18〕

可見袁氏兄弟的「性靈說」，是有鑑於前後七子「文必秦漢，詩必盛
唐」的復古主張而發。這種因爲復古的格套，而造成文壇剿襲模擬成
風的背景因素，對龔自珍的提出「尊情說」而言，亦復如此。

在龔自珍的所處的嘉道時期，桐城派義法的盛行，導致當時的文
人亦步亦趨，死守著「有物有序」的框格，割裂經文成章，卻未敢越
雷池一步，全然喪失作者應有的眞實感受。在〈文體箴〉中，他就針
對這種風氣的不當，斬釘截鐵的說：

> 嗚呼！予欲慕古人之能創兮，予命弗丁其時！予欲因今人
> 之所因兮，予菲然而恥之。恥之奈何？窮其大原。抱不甘
> 以爲質，再已成之紜紜。雖天地之久定位，亦心審而後許
> 其然。苟心察而弗許，我安能領彼久定之云？嗚呼顛矣，
> 既有年矣。一創一蹶，眾不憐矣。大變忽開，請俟天矣。

在〈述思古子議〉中，龔自珍更針對當時子弟爲文的剿掠脫誤，
摹擬顚倒成風提出嚴厲的批判說：

> 言也者，不得已而有者也。如其胸臆本無所欲言，其才武
> 又未能達於言，彊之使言，茫茫然不知將爲何等言；不得
> 已，則又使之姑效他人之言，效他人之種種言，實不知所

〔註17〕同註2，頁165。
〔註18〕同註2，頁165。

以言。於是剿掠脫誤，摹擬顛倒，如醉如囈以言，言畢矣，不知我爲何等言。今天下父兄，必使髫齓之子弟執筆學言，曰功令也，功令實觀天下之言。曰功令觀天下說經之言。童子但宜諷經，安知說經？是爲侮經。曰功令兼觀天下懷人、賦物、陶寫性靈之華言。夫童子未有感慨，何必彊之爲若言？然則天下之子弟，心術壞而義理錮者，天下父兄爲之。

對於這種「心術壞而義理錮」的流弊，龔自珍提出「感慨」的救治辦法。雖然「感慨」一詞，對龔自珍而言，另有更爲積極的意義在。但對於文學創作，應該不得已而言，和陶寫個人性情的訴求，則與袁氏兄弟的「性靈說」，也是一致的。

龔自珍因爲在思想上要求個性解放的主張，在文學的創作上，也就自然要能夠獨創，要有感慨。這和袁氏兄弟將李卓吾針對思想改革而提出的「童心說」，落實到文學運動的「性靈說」上面，基本上是氣息相通的。

四、所受袁枚「性靈說」的影響

在清代乾隆時期，大力提倡「性靈說」的袁枚，應是另一個對龔自珍提出「尊情說」，有著啓發意義的人。而且，由於兩人在年代上的部分重疊，加上同爲杭州人氏的地緣關係，龔自珍對於袁枚的熟悉程度，應該勝過明代的李卓吾等人。

袁枚的文學思想，主要來自於他對情欲合理性的提倡上。他自己就公開承認「袁子好味好色」，主張「人欲當處，即是天理」，在文章中，更是大談即情求性的觀點，強調男女之情人之大欲，有司不應多管。〔註19〕這些都說明了他決心衝破當時禮教大防，要求個性解放的立場。因此，他提出「性靈說」，與當時站在傳統陣線的「格調說」相對抗。後者的立論，雖不盡同於明代的前後七子，但亦不能免於膚

〔註19〕《小倉山房詩文集》，上海古籍出版社，1988 年 3 月，頁 1775、1571。

廓與迂拘。所以，袁枚大部分的立論，也就與公安派的袁氏兄弟相差無幾，亦認為文學要有眞實的情感和個性的表現，要有自己時代的特色，不應該模擬、也不不能模擬前人的作品。在〈答沈大宗伯論詩書〉中，他就說：

> 嘗謂詩有工拙，而無今古。自葛天氏之歌至今日，皆有工有拙，未必古人皆皆工，今人皆拙。即三百篇中，頗有未工不必學者，不徒漢、晉、唐、宋也；今人詩有極工極宜學者，亦不徒漢、晉、唐、宋也。然格律莫備於古，學者宗師，自有淵源。至於性情遭遇，人人有我在焉，不可貌古人而襲之，畏古人而拘之也。〔註20〕

他對文學發展的看法，也同袁氏兄弟一樣，在繼承與創新之門，抱著「不得不變」的態度：

> 唐人學漢、魏變漢、魏，宋學唐變唐，其變也，非有心於變也，乃不得不變也。使不變，則不足以爲唐，不足以爲宋也。……故枚嘗謂變堯、舜者，湯、武也；然學堯、舜者，莫善於湯、武，莫不善於燕噲。變唐詩者，宋、元也；然學唐詩者，莫善於宋、元，莫不善於明七子。何也？當變而變，其相傳者心也；當變而不變，其拘守者跡也。
>
> 〔註21〕

這種觀念，亦時見於他的詩作中。如〈答曾南村論詩〉中的「提筆先須問性情，風裁休劃宋元明」、〈讀書〉中的「我道古人文，宜讀不宜倣。」〔註22〕而〈品畫〉一詩，更借著品畫兼論詩的方式說：

> 品畫先神韻，論詩重性情。蛟龍生氣盡，不如鼠橫行。
>
> 〔註23〕

表達了文學要標新，不要依傍前人的門戶和家數的觀點。

由於袁枚以「性靈」論詩，對於文學的發展，採取了「不得不變」

〔註20〕同註17，頁 1502。
〔註21〕同上。
〔註22〕同註17，頁 111。
〔註23〕同註17，頁 769。

的看法，所以，他在於對古和今、繼承與創新的態度上，也就和當時的格調論者，有很大的差別。首先，他所看到的是具體的詩和詩人，因此，他衡量文學的標準，在眞性情的大前提之下，也就衹有工拙之分，而沒有古今的區別。不像當時的格調論者，先有時代的成見橫梗在胸中，在衡量的標準上，也就難免有貴古賤今的流弊，處處以古人的是非爲是非。其次，對於傳統的態度上，他雖然也認爲「格律莫備於古，學者宗師，自有淵源」的必然承繼關係，但「性情遭遇，人人有我在焉」，也同時認爲詩中有我，亦是必然的結果。這就說明了在繼承傳統的過程之中，創新的孕育，不僅是可能的，而且是不能排除的。換句話說，繼承與創新、師古與師心是互相結合的。所以學唐詩的是宋、元，而變唐詩的，也是宋、元。宋、元之所以善學唐詩而能變唐詩，是因爲他們「詩中有我」。明代前後七子之所以不善學唐詩，而不能變唐詩，是因爲他們衹拘守於形式技巧，生搬硬套，全然無視於「詩中有我」的性情呈現，纔是決定善學能變的最大原因所在。

　　龔自珍的「尊情說」，在這方面的意見，也與袁枚採取了一致的步調。在〈涼燠〉中，他就針對文學的繼承與創新，提出說明；並以「聲盜」一詞，深刻地諷刺了當時文人專事模擬剽竊的行徑：

> 古之至人，皆未始欲言也，至人之言，人情不得已，故雖導原於至人之心，不雜以至人之言……行有盜，貌有盜，聲有盜。魯君之宋，呼於垤澤之門，門者弗應。其應者曰：吾君之聲也，此聲也已。夫甲氏之聲，猶夫乙氏之聲，夫乙氏之聲，猶夫丙氏之聲，一呼而不應，則非聲，聲之盜已。或問不盜，則聲至寡，貌至拘，色至壹。曰：聲戚自如，聲喜自如，聲喜戚半自如，至足矣，是壹而萬也，何拘寡之有。

很顯然，龔自珍認爲個人「自如」的眞實感受，纔是使文學創作呈現無限寬廣空間的唯一途徑。模擬剽竊，處處以前人的是非爲是非，衹會使文學一步步走向拘寡的窮途末路而已。

從審美的批評視角而言，龔自珍也認為真實的情感，纔是文學的價值所在。在〈歌哭〉中，他就說：

閱歷名場萬態更，原非感慨為蒼生。西鄰弔罷東鄰賀，歌哭前賢較有情。

在〈歌筵有乞書扇者〉中，他更和袁枚一樣，衹看重詩人具體的情感和作品，強調不應以時代廢詩的主張：

天教偏體領風花，一代人材有歲差。我論文章恕中晚，略工感慨是名家。

至於，他在〈文體箴〉中，所宣示的「文心古無，文體寄於古」的看法，與袁枚的「格律莫備於古，學者宗師，自有淵源。至於性情遭遇，人人有我在焉，不可貌古人而襲之，畏古人而拘之也。」對於文學體裁與作者用心的態度，就更是氣息相通了。這些都是龔自珍承繼前輩的痕跡。

龔自珍的「尊情說」，除了受到晚期和清初兩代，如李卓吾、湯顯祖、袁氏兄弟及袁枚等人的學說影響外，還受到了明清交替之際，如黃宗羲、賀貽孫及廖燕等人的論述影響。黃宗羲等人有關「情」的見解，與李卓吾等人最大的不同點，在於後者的論述，主要較集中地反映人們對長期受到壓制的個性，要求獲得解放的觀點上，因此，其學說的重心，多放在肯定人的喜怒哀樂、嗜好情欲以及聰明靈慧上。自然其學說的性格傾向，也就較具個人性的浪漫意義。但也因此，對於「童心」、「情」與「性靈」等概念，和社會生活、民族情感之間的關係，應該如何對應，也就往往付之闕如，或語焉不詳，甚至有故意漠視，脫離現實的流弊產生。

而黃氏諸人的論述，則較集中地反映了知識份子在面對朝代更替時，當社會矛盾與衝突，隨之急遽昇高，轉為尖銳之際，應該如何的對應之上。他們雖然也和李氏諸人一樣，強調情感真實性與自由性的必要，但卻又同時認為詩歌的創作，應該勇敢面對時代環境的動亂，反映國破家亡的慘痛。因此，其論述的性格傾向，也就自然較具

有社會性的現實意義。他們的個人情感，往往和強烈的民族情感，緊密結合一起。由於龔自珍所處的時代，正好是盛世景象與亂世景象，交遞呈現的衰世，所以，他的「尊情說」，除了有李卓吾等人的特色外，更有一分黃宗羲等人反映現實，關懷社會的人民情感在。

五、所受黃宗羲「風雷說」的影響

黃宗羲文學思想的核心，在強調情感的眞實性方面，仍然與李卓吾等人的主張一樣。同樣反對格套之類的主張，認爲至文生於至情。在〈景州詩集序〉一文中，他就說：

> 夫詩以道性情，自高廷禮以來主張聲調，而人之性情亡矣。……詩人萃天地之清氣，以月露風雲花鳥爲其性情，其景與意不可分也。月露風雲花鳥之在天地間，俄頃滅沒，而詩人能結之不散。常人未嘗不有月露風雲花鳥之詠，非其性情極雕繪而不能親也。〔註24〕

黃宗羲這種對性情的崇揚態度，亦散見於其它的篇章之中。如〈明文案序〉的「凡情之至者，其文未有不至者也。」〈陳葦庵年伯詩序〉的「蓋詩之爲道，從性情而出。」〈論文管見〉的「古今自有一種文章不可磨滅，眞是『天若有情天亦老者』者。」《馬雪航詩序》的「詩以道性情，夫人而能言之。」〔註25〕而在〈黃孚先詩序〉中，他更說：

> 情者，可以貫金石、動鬼神。古之人，情與物相游而不能相舍。不但忠臣之事其君、孝子之事其親、思婦勞人結不可解，即風雲月露、草木蟲魚，無一非眞意之流通，故無溢言曼辭以入章句，無諂笑柔色以資應酬，唯其有之，是以似之。〔註26〕

但是，黃宗羲身處明末清初，朝代更替的非常時代，他本著自己切身的體會，對於「性情」的定義，更有其個人進一步的獨到見解。

〔註24〕同註2，頁226。
〔註25〕同註2，頁228。
〔註26〕同註2，頁227。

在他來看，詩當然要抒發性情，這應是普遍的認同而已。即使在當時的危急存亡之秋，要求詩要有性情，也是極自然的事。但是同樣言性情，卻有眞僞之分。所以，他認爲性情有「至」與「不至」的區別。在前揭文中，他就說：

> 今人亦何情之有，情隨事轉，事因世變，乾啼濕哭，總爲膚受，即其父母兄弟亦若敗梗飛絮，適相遭於江湖之上。勞苦倦極，未嘗不呼天也；疾痛慘怛，未嘗不呼父母也。然而習心幻結，俄頃銷亡，其發於心著於聲者，未可便謂之情也。由此論之，今人之詩非不出於性情也，以無性情之可出也。

因此，他進而認爲性情有「一時之性情」與「萬古之性情」的差異；而吾人所要抒發的，正是深於性情的「萬古之性情」。在〈馬雪航詩序〉中，他就說：

> 詩以道性情，夫人而能言之。然自古以來，詩之美者多矣，而知性者何其少也。蓋有一時之性情，有萬古之性情。夫吳歈越唱，怨女逐臣，觸景感物，言乎其所不得不言，此一時之性情也。孔子刪之以合乎興、觀、群、怨、思無邪之旨，此萬古之性情也。吾人誦法孔子，苟其言詩，亦必當以孔子之性情爲性情。如徒逐逐於怨女逐臣，逮其天機之自露，則一偏一曲，其爲性情亦末矣。故言詩者不可以不知性。……彼知性者，則吳、楚之色澤，中原之風骨，燕趙之悲歌慷慨，盈天地間，皆惻隱之流動也，而況於所自作之詩乎？〔註27〕

黃宗羲所謂的至情之文、「萬古之性情」之文，其實指的就是像「吳、楚之色澤，中原之風骨，燕趙之悲歌慷慨，盈天地間，皆惻隱之流動」的文章。這一獨特的審美情趣，加上他所處時代的環境因素，使他認爲至情就應該是「天地之元氣」的體現。而這種元氣，往往在厄運危時，天地閉塞之際，鼓蕩而出。因此，他認爲至情之文，往往是社會

〔註27〕同註2，頁228。

最動盪不安時的時代產物。這就說明了他所謂的眞實情感，是和他的民族情感結合在一起的。所以，他極力頌揚「風雷之文」，認爲這種文章，灌注了作者「孤憤絕人，彷徨痛哭」的眞實情感，其本身具有足以感發興起的力量，是千古不可磨滅的。在〈縮齋文集序〉中，他就說：

> 澤望之文，……蓋天地之陽氣也。陽氣在下，重陰錮之，則擊而爲雷；陰你下，重陽包之，則搏而爲風。……宋之亡也，謝皋羽、方韶卿、龍聖予之文，陽氣也，其時遁於黃鍾之管，微不能吹纊轉雞羽，未百年而發爲迅雷。元之亡也，有席帽、九靈之文，陰氣也，包以開國之重陽，蓬蓬然起於大隧，風落山爲蠱，未幾而散矣。今澤望之文，亦陽氣也，無視葭灰，不啻千鈞之壓也。〔註28〕

又，〈謝皋羽年譜游錄注序〉：

> 夫文章，天地之元氣也。元氣之在平時，崑崙磅礴，和聲順氣，發自廊廟，而卒泱于幽遐，無所見奇。逮乎厄運危時，天地閉塞，元氣鼓蕩而出，擁勇鬱遏，坌憤激訏，而後至文生焉。故文章之盛，莫盛於亡宋之日，而皋羽其尤也。然而世之知之者鮮矣。〔註29〕

黃宗羲因時代的因素，使得他的文學思想，在力主性情之後，能夠更進一步與民族情感緊密的結合在一起，從而提出「風雷之文」的獨特審美觀念。他以這種思想來概括文學的發展，雖有極其明顯的現實意義，但又絕不類同於傳統儒家的文學主張。在傳統文學思想的發展史上，自有其獨特的意義在。而在黃宗羲身後，能夠鮮明的繼承「風雷說」的審美觀念，並在文學創作上，予以大力實踐的，就是龔自珍。

龔自珍在詩中，就不止一次的直接借用「風雷」一語，以喻事抒情。如〈三別好詩〉之二：

〔註28〕同註2，頁230。
〔註29〕同註2，頁230。

　　狼藉丹黃竊自哀，高吟肺腑走風雷。不容明月沉天去，卻
　　有江濤動地來。

又，〈己亥雜詩〉第六一首：

　　軒后孤虛縱莫尋，漢官戊己兩言深。著書不爲丹鉛誤，中
　　有風雷老將心。

第四五首：

　　眼前二萬里風雷，飛出胸中不費才。枉破期門佽飛膽，至
　　今駭道遇仙回。

第一二五首：

　　九州生氣恃風雷，萬馬齊瘖究可哀。我勸天公重抖擻，不
　　拘一格降人才。

　　從龔自珍對方百川遺文欣賞的角度，及其在詩歌創作中，喜歡借
用「風雷」一語，以喻事抒情的態度來看，顯然，他在文學上的審美
觀和創作觀，都能在繼承黃宗羲的「風雷說」後，將李卓吾等人的主
張，由詩歌是表達個人眞實情感的層層，提高到具有社會性和時代性
的意義上，使得「尊情說」較李氏等人的「童心說」、「唯情說」以及
「性靈說」更深刻，更具有歷史意義。

六、所受賀貽孫「歌哭說」的影響

　　在明末清初之際，與黃宗羲同樣崇尚壯美，同樣以掣雷走電、淋
漓激越的風格氣勢爲美，強調以悲憤哀怒、慷慨激昂的情感，表現作
者熱烈關懷現實的民族情操的，是賀貽孫。

　　賀貽孫認爲作者總是由於內心的悲憤不平，纔創作文學；因此，
也祇有這樣的作品；纔足以產生興、觀、群、怨的作用。所以，他主
張詩歌應該像天地間的「雄風」一樣、要能「怒」、要能「激」、要有
「掣雷走電」的力量，要有「淒愴」以及「哀怨」的情感，要「以哭
爲歌」。在〈詩餘自序〉中，他就針對作者之旨，皆由不平而發的觀
點說：

　　今人文章不及古人，祇緣方寸太平耳。風雅諸什，自今誦
　　之以爲和平，若在作者之旨，其初皆不平也！若使平焉，

美刺諷誡何由生，而興、觀、群、怨何由起哉？鳥以怒而
飛，樹以怒而生，風水交怒而相鼓蕩，不平焉乃平也。觀
余詩餘者，知余不平之平，則余之悲憤尚未可已也。〔註30〕

因此，他要求詩人要有「感慨」，要能「怒」，纔會有好的作品產生。

在〈康上若詩序〉中，他就說：

風人之感慨，即其優柔。感慨者其詞，優柔者其旨。詞不
鬱則旨不達，感慨不極，則優柔不深也。……吹砂崩石，
挈雷走電，鼓鯨奮蛟，山林之畏佳，大木百圍之竅穴，嘯
吼叫號，㴋滂飆忽，栗焉憯焉，洞于心而□于耳。使夫鬱
者疏，滯者解，百谷草木甲拆，而萬匯以成。然後知□之
爲物，其怒也，乃其所以宣也；其激也，乃其所以平也；
其淒□也，乃其所以喁唱和也。風人之詩亦猶是已。〔註31〕

又，〈陶邵陳三先生詩選序〉說：

吾乃知言詩者貴天也。人無所不至，惟天不容僞。彼夫摶
風而飛者，拔爾而怒，順風而受者，悠然以適，禦風而行
者，冷然以善。詩至于怒與適且冷，而風人之性情出矣。
然而怒者誰耶？適者誰耶：冷者誰耶？皆非人之所能爲
也，天也！故凡漢唐以後，壯士之言多怒，清士之言多
適，逸士之言多冷：若是者，不可謂非風，即不可謂非天
也。〔註32〕

在〈自書近詩後〉中，他更認爲自己的詩作是「以哭爲歌」：

憶昔年避亂禾山，有老父夜半叩床而歌。其嫗詈曰：「汝妻
子不食三日矣，汝不知哭，夜半嘔啞何爲乎？」老父笑曰：
「吾以歌爲哭也。」彼老父以歌爲哭，吾以哭爲歌。凡哀
樂顛倒之事，皆性情所適耳。壯士之戰而怒也，適于喜，
美人之病而顰也，適于笑；然則溺人之笑，未必非溺人之
適矣。後之觀是集者，倘不以吾爲哀怨，而以吾爲適焉，

〔註30〕同註2，頁318。
〔註31〕同註2，頁319。
〔註32〕同註2，頁320。

則吾詩或可比于溺人之笑也。〔註33〕

所以，賀貽孫對於文學的審美觀點，也就傾向於「怒與適且冷」的飛揚跋扈與猖狂恣睢的風格。在《詩筏》中，論及李白與韓愈的詩文時，他就說：

> 少陵稱太白詩云「飛揚跋扈」，老泉稱退之文云「猖狂恣睢」。若以此八字評今人詩文，必顙然而怒。不知此八字乃詩文神化處，惟太白退之乃有此境。王孟之詩潔矣，然飛揚跋扈不如太白；子厚之文奇矣，然猖狂恣睢不如退之。有志詩文者，亦宜參透八字。〔註34〕

如同黃宗羲一樣，賀貽孫因面對國破家亡的慘痛經驗，主張文學創作，不僅是要抒寫個人真實的情感，還要抒發像天地間的「雄風」一般，能怒，能激，能吹砂崩石，能掣雷走電，能鼓鯨奮蛟，具有「時代之風」，與民族情感結合在一起的大我之情。

而龔自珍在面對清代嘉、道時期的衰世景象，於憂危之際，也和賀貽孫一樣，對文學創作的要求，採取了同樣的步調。他不僅認為「不平」是文學創作的根源，而且強調詩的極境，就是要有雄奇磅礴的藝術特色。在〈送徐鐵孫序〉一文中，他就說：

> 平原曠野，無詩也；沮洳，無詩也；碬确狹隘，無詩也；適市者，其聲囂；適鼠壤者，其聲嘶；適女閭者，其聲不誠。

因此，他喜歡天地間高山大川的形勢，以為詩境的極則，就當如此：

> 天下之山川，莫尊於遼東。遼府中原，逶迤萬餘里，蛇行象奔，而稍稍瀉之，乃卒恣意橫溢，以達乎嶺外。大海際南斗，豎亥不可復步，氣脈所居，怒若未畢；要之山川首尾可言者則盡此矣。……夫詩必有原焉，易、書、詩、春秋之肅若沈若，周秦間數子之繽若檉若，而奔蕩，而嗜呿……於是乎乃放之乎三千年青史氏之言，……合而以昌

〔註33〕同註2，頁319。
〔註34〕同註2，頁323。

> 其詩，而詩之境乃極。則如嶺之表；海之滸，磅礴浩洶，
> 以受天下之瑰麗，而洩天下之拗怒也，亦有然。

因此，在賀貽孫文章中，常出現的「怒」、「歌哭」、「飛揚跋扈」等重要字眼，在龔自珍的詩歌中亦然。如〈又懺心一首〉中的「何物千年怒若潮」、〈李復軒秀才學璜惠序吾文，鬱鬱千餘言，詩以報之〉中的「婦才善哀君善怒，哀以沈造怒則飛」、〈歌哭〉中的「歌哭前賢較有情」、〈夢中作四截句〉中的「四廂花影怒於潮」、〈紀夢七首〉之五中的「按劍因誰怒」、〈題鷺津上人書冊〉中的「腕僵爪怒習氣重」、〈張詩舲前輩游西山歸所贈〉中的「太行一臂怒趨東」以及〈己亥雜詩〉第一七○首中的「歌泣無端字字眞」等，都可以看出在使用關鍵字上的共同點。而龔自珍在整體藝術風格上的「雄奇哀豔」、「鬱怒清深」，更是賀貽孫審美情趣的具體呈現。由此，即可看出龔自珍的「尊情說」，在處理個人情感與現實社會的對應關係時，所受到賀貽孫「歌哭說」的影響。

七、所受廖燕「憤氣說」的影響

在明末清初的文學思想中，廖燕的「憤氣說」，應是另一個影響龔自珍「尊情說」的人。

廖燕的文學思想，基本上與黃宗羲、賀貽孫等人有共通之處。在審美觀方面，皆傾向崇尚雄壯之美。在創作上，則要求以悲憤哀怨，慷慨激昂的情感，表現掣電走雷，淋漓激宕的藝術風格。這種特點，也同樣與他強烈的民族情感，及積極的關懷社會現實有著密切的關係。

首先，廖燕也同樣認爲文學創作，應該是性情的表現，是「借被物理，抒我心胸」的發洩。在〈李謙三十九秋詩題詞〉中，他就說：

> 余閱十九秋詩，不下數十百卷，最後得山陰李君謙三卷，
> 讀之而擊節焉。夫四時之序，至秋而一變，萬物在秋之中，
> 而吾人又在萬物之中，其殆將與秋俱變者歟？雖然，秋，
> 人所同也，物，亦人所同也，而詩則爲一人所獨異。借彼

> 物理，抒我心胸。即秋而物在，即物而我之性情俱在，然則物非物也，一我之性情變幻而成者也。性情散而爲萬物，萬物復聚而爲性情，故一捻髭搦管，即能物賦形，無不盡態極妍，活現紙上。〔註35〕

性情的呈現，就是萬物的紛紛陳陳；萬物的凝聚，也就是性情的具體表現。這裡，廖燕將萬物與性情，看成是二而一的東西，萬物即性情，性情即萬物。這就是他的創作觀。

其次，他進一步認爲天地間，有一種「憤氣」；這種「憤氣」鬱積既久，一旦勃發而出，則不可遏抑，必盡其怪奇而後止。而天地間的山山水水，正是這種「憤氣」的結晶。所以，他認爲「天下之最能憤者莫如山水」。而文學的創作，也應該效法天地抒發「憤氣」一樣，借著山水，以抒發自己胸中的塊壘。在〈劉五原詩集序〉中，他就說：

> 大底登臨吊古與夫游覽山川之什居多，試爲吟諷一過，每多羽聲。慷慨者何哉？豈藉山水而泄其幽憂之憤者耶！然天下之最能憤者莫如山水。……故吾以爲山水者，天地之憤氣所結撰而成者也。天地未辟，此氣嘗蘊於中，迨蘊蓄既久，一旦奮迅而發，似非尋常小器足以當之，必極天下之岳峙潮回海涵地負之觀，而後得以盡其怪奇焉。……故知憤氣者，又天地之才也。非才無以泄其憤，非憤無以成其才；則山水者，豈非吾人所當收羅於胸中而爲怪奇之文章者哉？〔註36〕

事實上，廖燕的「憤氣」，與黃宗羲的「風雷」、賀貽孫的「歌哭」，都是同樣的東西，都是對他們所處的那個「天崩地坼」的時代，以及社會上的大震動、大風暴的反映。衹是他們分別從天象、地象、及人象三個不同的角度，予以概括罷了。而其所指，則都是個人關注現實社會的大我情感的直接呈現。

〔註35〕同註2，頁362。
〔註36〕同註2，頁363。

龔自珍在〈乙丙之際著議第九〉一文中，曾將從李卓吾手中接過來的絕假去偽的「童心」，進一步規定爲「能憂心、能憤心、能思慮心、能作爲心、能有廉恥心、能無渣滓心」使文學能夠有更積極的作爲。而其中「能憤心」之所指，應該是與廖燕的「憤氣說」，息息相通的。在〈尊隱〉中，龔自珍對「山中之民」崛起的描述，就頗能得廖燕「憤氣說」的神髓：

> 俄焉寂然，燈燭無光，不聞餘言，但聞鼾聲，夜之漫漫，
> 鶤旦不鳴，則山中之民，有大音聲起，天地爲之鐘鼓，神
> 人爲之波濤矣。是故民之醜生，一縱一橫。旦暮爲縱，居
> 處爲橫，百世爲縱，一世爲橫，橫收其實，縱收其名。之
> 民也，鑿者歟？邱者歟？垤者歟？避其實者歟？

依龔自珍的預示，山中之民的崛起，是衰世景象的矛盾與衝突，鬱積既久，一旦爆發的必然結果。這與天地間積累的「憤氣」既久，必將奮然釋出，堆疊成山水，是一樣的。換句話說，應衰世而起的山中之民，其實就是「憤氣」結撰而成山川。由此可知，廖燕的「憤氣說」，對龔自珍進一步規定「尊情說」的內容時，所發生的啓示作用。

貳、尊情說的重新提出

一、李卓吾等人的學說檢討

李卓吾等人爲反理學，反傳統，所掀起的一股個性解放運動，對龔自珍的「尊情說」的提出，誠然有不小的啓發作用，但是，渠等在學說性格上的個人浪漫氣質傾向，所產生的流弊，是通不過龔自珍強烈的經世性格的檢查的。在〈江左小辨序〉中，龔自珍曾說：

> 有明中葉，嘉靖及萬曆之世，朝政不綱，而江左承平，斗
> 米七錢。士大夫多暇日，以科名歸養望者，風氣淵雅，其
> 故家巨族譜系多聞人，或剞一書，或刻一帖，其小小異同，
> 小小源流，動成掌故。使倥傯括据，朝野騷然之世，聞其
> 逸事而慕之，攬其片楮而芳香惻悱。〔註37〕

─────────────

〔註37〕《全集》，頁200。

事實上，從李卓吾的「童心說」、湯顯祖的「唯情說」、公安派的「性靈說」到袁枚的「性靈說」，或多或少都有這種拘囿於小格局的傾向；而這正是龔自珍所以又參考了黃宗羲等人的觀點，重新提出「尊情說」的原因所在。

由於李卓吾的《童心說》，受到了當時的王陽明心學與佛教的影響，將「童心」絕對化，並與一切外來的「聞見道理」對立起來。此一結果，使他忽略了社會生活，也是文學創作的泉源之一，而跳不出拘限於個人主觀情感表現的泥淖之中。在《童心說》中，他就說：

> 夫心之初曷可失也！然童心胡然而遽失也？蓋方其始也，
> 有聞見從耳目而入，而以爲主于其內而童心失。其長也，
> 有道理從聞見而入，而以爲主于其內而童心失。其久也，
> 道理聞見日以益多，則所知所覺日以益廣，於是焉又知美
> 名之可好也，而務欲以揚之而童心失；知不美之名之可醜
> 也，而務欲以掩之而童心失。〔註38〕

如此一來，李卓吾的提倡「童心說」，對於促進當時文人的思想解放，雖然居功厥偉；但將「童心」絕對化的結果，則又使以他爲旗手的文學運動，走向另一偏仄的道路。這一偏仄，從他的朋友湯顯祖、學生袁宏道和後來繼起直追的袁枚等人的身上，都可發覺得到。

湯顯祖的「唯情說」，雖沒有像李卓吾一樣，提出排斥「聞見道理」的言論。但其集中有關社會與文學間相互制約的討論，卻也付之闕如。他的作品，儘管也面對現實，反映了當時青年男女在傳統禮教束縛下，對愛情與幸福的熱切追求，具體呈現了李卓吾要求個性解放的主張，不過，也僅止於此而已。過分強調作家主觀情感的重要性，使湯顯祖的作品，多集中在討論男女愛情的題材上，未能進一步賦予它更積極的社會效用。題材的不過深刻與寬廣，是他作品的最大缺憾。這一缺憾，在稍後的袁氏兄弟身上，就表現得更加明顯了。

由於三袁之中，袁宏道與李卓吾有師弟相承的關係，而他的文學

〔註38〕同註2，頁98。

思想，又在兄弟間，居著主導的地位。所以，袁氏兄弟的文學創作，幾乎完全在李卓吾的思想影響之下進行。因此，他們作品中所呈現出的局限性，也就更能說明這一文學運動所帶來的偏失。

袁氏兄弟因為主張「性靈說」，所以特別強調「趣」的重要性，認為「世人所難得者唯趣」而已。但是，他們過分強調「趣」的結果，卻也同樣走上李卓吾的老路，將「性靈說」與「聞見知識」對立起來。袁宏道在〈敘陳正甫會心集〉中，就說：

> 夫趣得之自然者深，得之學問者淺。當其為童子也不知有
> 趣，然無往而非趣也。……出林之人，無拘無縛，得自在
> 度日，故雖不求趣而趣近之。愚不肖之近趣也，以無品也。
> 品愈卑故所求愈下，或為酒肉，或為聲伎，率心而行，無
> 所忌憚，自以為絕望于世，故舉世非笑之不顧也，此又一
> 趣也。迨夫年漸長，官漸高，品漸大，有身如桎，有心如
> 棘，毛孔骨節，俱為聞見知識所縛，入理愈深，然其去趣
> 亦遠矣。〔註39〕

袁宏道這種排斥「聞見知識」的傾向，也可以從他肯定民間詩歌的原因中，看出端倪。在〈敘小修詩〉中，他就說：

> 吾謂今之詩文不傳矣！其萬一傳者，或今閭閻婦人孺子所
> 唱〈擘破玉〉、〈打草竿〉之類。猶是無聞無識真人所作，
> 故多真聲。〔註40〕

民間詩歌所以有傳世的價值，是因為它是來自於「無聞無識」的「真人」手中。從他特別突出「無聞無識」的因素來看，正說明了袁宏道排斥「聞見知識」的傾向。

袁宏道排斥「聞見知識」的傾向，使他那種嚮往「山林之人，無拘無縛，得自在日」的思想性格，在無形中，被美化了。同時，也合理化了他們「或為酒肉，或為聲伎，率心而行，無所忌憚」的生活追求。前者形諸文學創作的結果，是文學的天地，逐漸縮小到作者自我

〔註39〕同註2，頁164。
〔註40〕同註2，頁167。

「性靈」的表現上。其作品所描寫的題材，也就往往局限在作者身邊的細瑣事情，所抒發的情感，也就多半是傳統士大夫式的閒情雅致。這就可以解釋何以袁氏兄弟的作品中，清新流麗的遊記小品居多的原因所在。

　　而後者形諸日常生活的結果，則文人式的頹廢消極，逃避現實的生活方式，也就在無形之中，被鼓勵了。這在清代的袁枚身上，也可以看得很清楚。

　　由於袁枚對於個人的情欲，也是採取了肯定的態度。所以，他的「性靈說」，也就認為當時「格調說」，所主張的詩「必關係人倫日用」的觀點，與明代前後七子一樣，都是「褒衣大袑氣象」，不能免於膚闊迂拘的缺點。在〈答沈大宗伯論詩書〉中，他就說：

> 至所云詩貴溫柔，不可說盡，有必關係人倫日用。此數語
> 有褒衣大袑氣象，僕口不敢非先生，而心不敢是先生。何
> 也？孔子之言，戴經不足據也，惟論語為足據。〔註41〕

值得注意的是，袁枚從性情的觀點出發，肯定了「說盡者」與「無關係者」一類詩歌的文學價值。這也是後來他進一步肯定豔體詩，有其存在必要的理論基礎。在〈再與沈大宗伯書〉中，他就說：

> 天地間不能一日無諸題，則古今來不可一日無諸詩。人學
> 焉而各得其性之所近，要在用其所長而藏己之所短則可，
> 護其所短而毀人之所長則不可。豔體宮詩，自是詩家一
> 格，孔子不刪鄭、衛之詩，而先生讀刪次回之詩，不已過
> 乎？〔註42〕

從人性情有偏及詩不主一格的觀點，袁枚合理化了豔體詩的存在。這一見解，從他糾正「格調說」的流弊而言，固然有其正面的積極意義。但由於他過分宣揚「情所最先，莫如男女」的觀點，再加上當時世運承平，士大夫多暇日，難免就會有流弊產生。袁枚平日的生活放縱，以好色自豪，以及詩集中頗多的「尋春」之作，都反映了他在思想上

〔註41〕同註2，頁382。
〔註42〕同註2，頁384。

認爲：「孔子論詩可信者，興觀群怨也；不可信者，溫柔敦厚也。」
〔註43〕雖然較明代的袁氏兄弟全面了些；但在日常生活與文學創作的
實踐上，卻也因爲不免局限在個人自我的「芳香惻悱」之中，而同樣
有流於淺滑，格調不高的情形產生。

　　至於，黃宗羲、賀貽孫及廖燕等人，由於時代背景的相似，使得
他們在處理文學與社會的問題上，所採取的方式，也就較能取得龔自
珍的共鳴。所以整體的說，黃宗羲等人的主張，對龔自珍重新提出的
「尊情說」，有較李卓吾等人，更爲積極的影響作用。唯需附帶說明
的是，黃宗羲等人雖然對龔自珍有更積極的影響作用；但一因他們並
不以詩文名於世，二因時代的階段性不同，使得他們的主張，縱是國
破家亡的慘痛之感與大義懍然的民族氣節的反映，但後半生卻因異族
統治的因素，走上絕仕隱居的消極途徑，大大減低了學說的影響力
量，不能不說是個遺憾。從這兩點來看，龔自珍在面對衰世來臨之際，
不僅遲遲不肯隱居，時刻以生民爲念，除挺身呼籲朝廷要「尊賓」，
重用異姓人才，進行改革外，還在顛沛流離的一生中，創作了大量抨
擊朝政的詩文，以發揮「清議」的最大效用。相較之下，就可以看出
他的難能可貴！這也就是爲何龔自珍對近代文學的影響力，無人能出
其右的原因所在！

二、尊情說的嶄新內涵

　　龔自珍雖然繼承了李卓吾等人，肯定「私心」的看法。但是，
龔自珍卻又認爲人的本性，是無善無不善的。善與惡，都是後起的；
它的發展，多半是決定於外在環境的影響。在〈闡告子〉中，他就
說：

> 龔氏之之言性也，則宗無善無不善而已矣，善惡皆後起者。
> 夫無善也，則可以爲桀矣；無不善也，則可以爲堯矣。知
> 堯之本不異桀，荀卿氏之言起矣；知桀之本不異於堯，孟
> 氏之辯興矣。爲堯矣，性不加菀；爲桀矣，性不加枯。爲

〔註43〕同註2，頁380。

> 堯矣；性之桀不亡走；爲桀矣，性之堯不王走；不加菀，
> 不加枯，亦不亡走。是故堯與桀互爲主客，互相伏也，而
> 莫相偏絶。

顯然，龔自珍對人性無善無惡的看法，與李卓吾受「致良知」的影響有所不同。這就使他進一步闡述告子的學說，將人性比喻爲杞柳，可經由外在環境的需要，發揮它各種不同的作用。在前揭文中，他就說：

> 浸假而以杞柳爲門戶、藩柂，浸假而以杞柳爲桎梏，浸假
> 而以杞柳爲虎子、威俞，杞柳何知焉？又闡之曰：以杞柳
> 爲杯捲，無救於其爲虎子、威俞；以杞柳爲威俞，無傷乎
> 其爲杯捲；杞柳又何知焉？

龔自珍的用意，雖在肯定人人都有自私而各異的本性，但由於他特別留意外在環境對無善惡的人性的決定作用，就使得他不致於重蹈李卓吾的老路，將「童心」絶對化，而排斥一切的「聞見道理」。

而且，人性既然可以因爲外在環境的需要而不斷改變，那麼，它也一定會隨著外在環境的改變，而或浮或沉。因此，要保持人性持續向善的一面發展，就要不斷改變社會環境。而要做到這一點，人們就要「自尊其心」。因爲「心尊，則其官尊，心尊，則其言尊，官尊言尊，則其人亦尊矣。」但是，如何「自尊其心」呢？在〈尊史〉中，龔自珍就說：

> 心何如而尊？善入？何者善入？天下山川形勢，人心風
> 氣，土所宜，姓所貴，皆知之；國之祖宗之令，下逮吏胥
> 之所□守，皆知之。其於言禮、言兵、言政、言獄、言掌
> 故，言文體，言人賢否，如其言家事，可謂入矣。又如何
> 而尊？善出。何者善出？天下山川形勢，……優人在堂下，
> 號咷舞歌，哀樂萬千，堂上觀者，肅然踞坐，睊睊而指點
> 焉，可謂出矣。

基本上，這裡的「善入」與「善出」之所指，與李卓吾的「聞見道理」是同一個意思。可見龔自珍雖然接受李卓吾的「童心」與「私心」，

但因對人性的看法不同，使得他進而肯定並且要求人要有「聞見道理」。在〈上大學士書〉中，他就說：

> 夫有人必有胸肝，有胸肝則必有耳目，有耳目則必有上下百年之見聞，有見聞則必有考訂同異之事，有考訂同異之事，則或胸以為是，胸以為非，有是非，則必有感慨激奮，感慨激奮而居上位，有其力，則所是者依，所非者去，感慨激奮而居下位者，無其力，則探吾之是非，而昌昌大言之。

龔自珍不僅要求人要有廣博的知識見聞，還要有獨立的見解，要是非感強烈，要能激奮感慨，付諸行動。因為他警覺到「博覽書史，周知掌故，上足以備人主燕閒之顧問，宦轍所至，宏獎士類，進其春華秋實而揚扢之，其人雖賢，誠無甚難及者」的不足處，〔註44〕認為承平之世「談人倫樂事，侈門內之祥和，簪筆以入，承韜以出，無冘厲之言，有迴翔之態」，是理所當然的。但是，「問民生疾苦，討軍實之有無，天下形勢，半在於是。」所以，一定要面對社會現實，不逃避問題，以天下蒼生為己任，「猝有事變，投袂而起，若勁弩激箭之發」。

因此，龔自珍的「尊情說」，雖也有李卓吾等人的浪漫與叛逆，卻沒有他們的朦朧空靈與微弱不堪。取而代之的，是黃宗羲等人鬱勃怒發，不可遏抑的高亢情緒與表現手法。如此一來，龔自珍的「尊情說」，在將陶寫個人一時的性靈，提高到昌言百年見聞是非的感慨激奮的同時，不僅糾正了李卓吾等人排斥「聞見道理」的錯誤觀念，突破了陷「童心」於主觀孤立的狹隘格局，更要求自我要有感慨激奮的社會擔負，使文學創作除了應是表達個人的真情實感外，也應反映現實社會的廣闊生活面。

另一方面，龔自珍的「尊情說」，在繼承李卓吾對「私心」的看法，進而肯定自我的地位與價值後，更進一步要求自我要發揮個人意

〔註44〕《全集》，頁210。

志的創造力量，以平「人鬼之所不平」。這不僅將個人情感與時代情感相結合，更將文學創作從反映社會現實的層面，提高到改革現實社會的高度上。這其中的發展，當然也受到黃宗羲等人的影響。但與他們的「不平」相比，龔自珍的欲平「不平」，則又有更積極的奮發意義。在〈壬癸之際胎觀第四〉中，他就說：

> 心無力者，謂之庸人。報大仇，醫大病，解大難，謀大事，
> 學大道，皆以心之力。司命之鬼，或哲或惛，人鬼之所不
> 平，卒平於哲人之心。哲人之心，孤而足恃，故取物之不
> 平恃之。……謂之舍天下之樂，求天下之不樂。

龔自珍要求人要有堅強的意志力量，要能「舍天下之樂，求天下之不樂」，纔能「報大仇，醫大病，解大難，謀大事，學大道」，纔能平「人鬼之所不平」。

事實上，龔自珍的標舉「心之力」，正好說明當時社會嚴重存在著「無力感」的危機。在〈乙丙之際著議第九〉中，他就針對這一危機，作了深刻的描寫：

> 黑白雜而五色可廢也，似治世之太素；宮羽淆而五聲可鑠
> 也，似治世之希聲；道路荒而畔岸隳也，似治世之蕩蕩便
> 便；人心混混而無口過也，似治世之不議。左無才相，右
> 無才史，閫無才將，庠序無才士，隴無才民，廛無才工，
> 衢無才商，抑巷無才偷，市無才駔，藪澤無才盜，則非但
> 尟君子也，抑小人甚尟。

人心的混混，不僅不思振作，而且反過來壓迫侮戮亟思作為的才識之士。迫使他們的「能憂心，能憤心，能思慮心，能作為心，能有廉恥心，能無渣滓心」，在日積月累的排擠見戮下，早晚號哭，而走上求亂的道路。

值得注意的是，龔自珍在這裡將能「報大仇，醫大病，解大難，謀大事，學大道」，有大作用的心，進一步闡述其內容為「能憂心，能憤心，能思慮心，能作為心，能有廉恥心，能無渣滓心。」這一規定，就使得文學由反映社會現實的層面，提高到改革社會現實的高

度。將文學的功用，擴大到建設美好未來的目標上。尤其是其中的「能思慮心」與「能作爲心」，更體現了龔自珍密切注意時局的發展，與積極參與政治活動的積極要求。他在〈農宗〉中的「淵淵夜思，思所以探簡經術，通古今，定民生」，也就是這種思慮心與作爲心的體現。

綜合上述，龔自珍所重新提出的「尊情說」，在當時而言，約有三項極具開創意義，值得注意：

1、在「尊情」的形式下，龔自珍不僅追求個人眞氣的「童心」，還要求要有振作世人氣節的「能有廉恥心」和「能無渣滓心」。

龔自珍在接過李卓吾的「童心」後，將之發展爲「尊情說」的內涵之一。其用意在借著去僞存眞的「童心」，以凸顯出當時滿場皆假的社會風氣，並進一步與譴責萎靡媮墮，喚醒世人氣節的「能有廉恥心」、「能無渣滓心」結合在一起，使之能發揮更積極的作用。而龔自珍在創作上，也確實能夠將這一理論規範，付之實踐。

爲了維護「尊情」的主張，他不僅對風氣的僞假，發出「客氣漸多眞氣少」的感慨，在詩詞中，將「童心」作爲歌詠的主要對象之一，表達自己對「童心」的追求與崇揚。而且，還借著以古諷今的手法，抨擊朝廷上下氣節掃盡的景象，以反襯出養成世人「能有廉恥心」、「能無渣滓心」的當務之急。在〈古史鉤沉論一〉中，他大力抨擊朝廷「去人之廉，以快號令；去人之恥，以嵩高其身；一人爲剛，萬人爲柔，以大便其有力彊武」，是「積百年之力，以震盪摧鋤天下之廉恥。」在〈明良論〉中，他更是強烈感慨當時士大夫「自其敷奏之日，始進之年，而恥已存者寡矣。官益久，則氣愈媮；望愈崇，則諂愈固；地益近，則媚亦益工。」擔心「廉恥豈中絕於士大夫之心哉？」認爲氣節掃地，將何以國？而主張「臣節之盛，掃地盡矣。非由他，由於無以作朝廷之氣故也。何以作之氣？曰：以教之恥爲先。」在他的觀念裡，「氣者，恥之外也；恥者，氣之內也」，「士氣申則朝廷益尊」。

2、在「尊情」的形式下，龔自珍不僅肯定一己情欲的「私心」，還要求要有正視社會危機的「能憂心」和「能憤心」。

龔自珍在接受前人對個人情欲的肯定，使之成爲「尊情說」的內涵之一後，不僅認爲人的自私本性，未必就是「惡」的，而且，它正好是人所以異於禽獸的地方。但是，他也從歷史的經驗中，看見「私心說」所產生的流弊。乃進一步要求人要好好利用自由意志的潛在力量，正視社會危機，憂天下之憂。如此一來，意志纔能獲得眞正的自由，而個性也纔能正常發展。在〈乙丙之際著議第九〉中，他就說：

> 是故智者受三千年史氏之書，則能以良史之憂憂天下，憂
> 不才而庸，如其憂才而悖，憂不才而眾憐，如其憂才而眾
> 畏。

換句話說，龔自珍的「尊情說」，不僅肯定個人情欲的「私心」，而且進一步加以規範，要求將「私心」提昇到正視社會危機的「能憂心」和「能憤心」的高度。而他的文學創作，也確實能夠落實他的這項理論要求。在〈病梅館記〉一文中所抒發的，就是將強調個性發展的「私心」，與正視社會危機的「能憂心」和「能憤心」相結合的最佳例子。龔自珍以江浙之人種梅爲例，認爲要使梅花盎然有生機，蓬勃發展，就要順著它的本性，讓它自然生長。否則，人爲的「斫其正，養其旁條，刪其密，夭其稚枝，鋤其直，遏其生氣」，則「江浙之梅皆病。」至於治療「病梅」的方法，則是「縱之、順之，毀其盆，悉埋於地，解其椶縛。」這實際上即是他要求毀壞來自道學和科舉制度種種羈絆個性的藩籬，讓人人能夠自由自在的生活著，以便充分發揮各自的個性。而所謂「予購三百盆，皆病者，無一完者，既泣之三日，乃誓療之」及「予本非文人畫士，甘受詬厲，闢病梅之館以貯之。嗚呼！安得使予多暇日，又多閒田，以廣貯江寧、杭州、蘇州之病梅，窮予生之光陰以療梅也哉？」正是他在肯定個人的情欲後，將之提高到正視社會危機的「能憂心」和「能憤心」的體現。這一要求，在〈己

亥雜詩〉中，也表露無遺。如第一二五首：「九州生氣恃風雷，萬馬齊瘖究可哀。我勸天公重抖擻，不拘一格降人才。」他就借著青詞，表達對當時風氣沉悶的不滿，要求朝廷要搖作精神，打破用人的限制。所謂「不拘一格」，其實就是〈病梅館記〉中的「毀其盆」，同樣都是要求個性的解放與自由。在他認爲唯有如此，人心纔能重新抖擻，發憤圖強。

3、在「尊情」的形式下，龔自珍不僅要追求文學代變的「師心」，還要求要有改革衰世景象的「能思慮心」和「能作爲心」。

龔自珍在繼承了前人對「性情」的主張之後，也就順理成章地接受他們對文學代變的看法。在〈文體箴〉中，他就說：

> 雖天地之久定位，亦心審而後許其然。苟心察而弗許，我安能領彼久定之云？鳴呼顚矣，既有年矣。一創一蹶，眾不憐矣。大變忽開，請俟天矣。

文學的創作，既然以「性情」爲主導，而各人的性情又不一，則文學的不得不變，實是必然的趨勢。但是，他也意識到文學創作的終極限制，認爲「縱使文章驚海內，紙上蒼生而已」，所以，龔自珍的「尊情」，除了要追求創新文學的「師心」之外，還要求要有改革衰世的「能思慮心」和「能作爲心」。在〈乙丙之際著議第九〉中，他就說：

> 履霜之屨，寒於堅冰，未雨之鳥，戚於飄搖，痺癆之疾，殆於癰疽，將萎之華，慘於槁木。三代神聖，不忍薄謫。士勇夫，而厚豢驁贏，探世變也，聖之至也。

如此一來，就興起龔自珍更法改革的要求。在〈上大學士書〉中，他就說：

> 自珍少讀歷代史書及國朝掌故，自古及今，法無不改，勢無不積，事例無不遷，風氣無不移易。

在〈乙丙之際著議第七〉中，他更說：

> 一祖之法無不敝，千夫之議無不靡，與其贈來者以勁改革，孰若自改革？

事實上，龔自珍也的確提出了一些「更法」的主張。他崇揚宗法，主張均田，要求拔擢人才，越級升遷，整頓貪污，廢除跪拜。雖然由於時代的限制，使他停留在藉用古方的復古裡，謀求一些枝節的補救改良之道。但卻也體現出龔自珍積極入世，改革衰世的「能思慮心」和「能作爲心」。

總之，龔自珍所重新提出的「尊情說」，將文學表達個人的眞情實感，提高到具有社會性與時代性的高度上。不僅批判了當時禁錮情欲的道學與壟斷人才的科舉的弊病，也深化了「性情」對文學創作的主導作用，使其更爲倫理化。這在面臨舊社會崩潰的前夕，是有其前瞻性的時代意義存在其中的。

參、尊情說所衍生的四個文學概念

「尊情說」的重新提出，是龔自珍對歷史與外在環境獨具雙眼的整理與對應，也是他個人情志向外在世界投射的結果。但由於此一學說的提出，是屬於既繼承又開創下的產物，所以在由舊變新的運動過程中，勢必又會顯現出他個人某種程度上的匠心獨造（儘管他曾自覺地口絕論文）。這些獨造的概念，計有感慨、完、全以及自如四項。由於它們都是從「尊情」這一母題所衍生出來的，故其本質也都以「情」爲最大元素。以下所述，即在探討這些概念的內涵及其提出的用意所在。

一、感慨

「感慨」，是龔自珍從「尊情」這一母題所衍生出來的重要文學概念之一。其提出的用意，主要是不滿當時文壇風氣的衰頹虛僞。這從他詩中不止一次的表達對當時演唱文學的失望，就可見出端倪。如〈歌筵有乞書扇者〉：

> 天教僞體領風花，一代材人有歲差。我論文章恕中晚，略工感慨是名家。

又，〈夢中作〉：

　　不是斯文擲筆驕，牽連姓氏本寥寥。夕陽忽下中原去，笑
　　詠風花殿六朝。

〈己亥雜詩〉第一〇三首：

　　梨園爨本募誰修，亦是風花一代愁。我替尊前深惋惜，文
　　人珠玉女兒喉。

表面上是專對戲曲而發，實則是把矛頭指向整個文壇。以「笑詠」、
「惋惜」等字眼形容內心的情緒，看似不經意，實際上是蘊藏著一份
深沉的悲哀。

　　值得注意的是，龔自珍以「恕」的態度表達他對中晚唐詩人的看
法，理由是因為他們「略工感慨」。這就說明了「感慨」一詞，對龔
自珍而言，有其特殊的規定意義在。換言之，「尊情說」的構建完成，
龔自珍也就同時賦予了它嶄新的時代定義。

　　「感慨」作為文學概念，對龔自珍而言，並不是一個新的名詞。
公安派的袁氏兄弟也很講「感慨」，重視它所具有的情感要素。但龔
自珍在「尊情說」構造完成後，所重新提出的「感慨」，則有不同於
前人的嶄新內容。它的定義，並不是單純的「情隨境遷，字逐情生」
所可涵蓋得盡的。就像黃宗羲所說：「情隨事轉，事因世變，乾啼濕
哭，總為膚受……然而習心幻結，俄頃銷亡，其發於心著於聲音，未
可便謂之情也」，龔自珍為「感慨」所下的新定義，也正是一種能夠
脫盡「習心幻結，俄頃銷亡」，可大可久的情感內容。這種情感的內
容，是結合著作者個人的「是非」感與「激奮」心來說的。在〈上大
學士書〉中，他就說：

　　夫有人必有胸肝，有胸肝則必有耳目，有耳目則必有上下
　　百年之見聞，有見聞則必有考訂同異之事，有考訂同異之
　　事，則或胸以為是，胸以為非，有是非，則必有感慨激奮，
　　感慨激奮而居上位，有其力，則所是者依，所非者去，感
　　慨激奮而居下位者，無其力，則探吾之是非，而昌昌大言
　　之。

可見他是把「感慨」重新規定在一種能夠抒發「論世」之功的情感

上。所以他也纔會說：

> 閱歷名場萬態更，原非感慨為蒼生。西鄰弔罷東鄰賀，歌
> 哭前賢較有情。

顯然這一定義，是龔自珍為了批判歷史上的「情隨境遷，字逐情生」，以及當時文壇「偽體獨領」的風氣而下的。

「感慨」的新定義既以辨明，則龔自珍在其論詩絕句中所抱持的評判標準，自然也就不言可喻了。前述的中晚唐詩人，如韓愈、杜牧、李賀等，龔自珍直接以「感慨」評之，自不用說。事實上，歷來對他們的評價，也都注視到了這點。但向來被尊為「古今隱逸詩人之宗」的陶淵明，龔自珍卻也一反成說，從「感慨」的觀點出發，為他翻案。這就更凸顯出「感慨」一詞，作為評論的標準，在龔自珍心目中所佔的份量了。

> 陶潛詩喜說荊軻，想見停雲發浩歌。吟到恩仇心事湧，江
> 湖俠骨恐無多。

> 陶潛酷似臥龍豪，萬古潯陽松菊高。莫信詩人竟平淡，二
> 分梁甫一分騷。

> 陶潛磊落性情溫，冥報因他一飯恩。頗覺少陵詩吻薄，但
> 言朝叩富兒門。

龔自珍認為陶詩中恩仇分明，性情磊落，具有著思想積極，格調高昂的一面，備加崇揚，甚至因而厚陶淵明而薄杜甫。這種重新的詮釋，完全加入他自己「感慨」一詞中所具有的「是非」感與「激奮」心。可喜的是，這一詮釋恰好補足了歷來對陶淵明評論上的不足，也同時反映出龔自珍倡言「感慨」一詞的用意所在。

二、完

「完」的提出，主要是針對當時文壇偏重作文之法，以詞章為事的不良風氣而發。在〈識某大令集尾〉中，龔自珍就說：

> 大令為儒，非能躬行實踐，平易質直也。以文章議論籠罩
> 從游士，士懾然。聰明旁溢，姑讀佛書，以炫博覽。……

> 或告之曰：文章雖小道，達可矣，立其誠可矣。又告之曰：
> 孔子之聽訟，無情者不得盡其辭。今子之情何如？又不
> 應。

龔自珍所重視的是「躬行實踐，平易質直」，而不是「以文章議論籠罩從游士」的不實作風。所以他主張「文章雖小道，遠可矣，立其誠可矣。」又以孔子聽訟，以情為判準，說明情文統一的重要性。認為情文統一，則文章可達矣。

　　至於如何纔能使文章「達」呢？這就是龔自珍提出「完」的背景所在。「完」之所指，正是意味著作家個人情文的和諧統一。在〈書湯海秋詩集后〉一文中，他就說：

> 人與詩名，詩尤以人名。唐大家若李、杜、韓及昌谷、玉
> 谿；及宋、元，眉山、涪陵、遺山，當代吳婁東，皆詩與
> 人為一，人外無詩，詩外無人，其面目也完。

所謂「完」，就是「人外無詩，詩外無人」。他以同時詩人湯鵬為例，進一步解釋說：

> 何以謂之完也？海秋心跡盡在是，所欲言者在是，所不欲
> 言而卒不能不言在是，所不欲言而竟不言，於所不言求其
> 言亦在是。要不肯摀搐他人之言以為己言，任舉一篇，無
> 論識與不識，曰：此湯益陽之詩。

顯然，所謂「完」，指的即是「作家政治理想、道德理想和美學理想的和諧統一；也是作家藝術個性充分而完美的體現。」〔註45〕事實上，文學個性的是否臻於「完」的境界，是我們衡量一個作家的文學成就，及其在文學史上的地位的標準；同時，也是我們借以進行「知人論世」的重要依據。因此，也唯有我們充分揭示作者在作品中所欲呈現的諸種面貌（包括政治理想、道德理想及美學理想），纔能完全掌握住該作家的文學個性。這就是龔自珍從「尊情」這一母題所衍生出來的「完」的定義。

〔註45〕見郭延禮《中國近代文學發展史》（1），山東教育出版社，1990年3月，頁82。

三、全

龔自珍在「尊情」的大前提下，除了要求作者與作品要和諧統一，達到「完」的境界外，還要求在評價前輩作家時，要本著設身處地的態度，全面地加以辨證批判後，纔下斷語。在〈六經正名答問五〉中，他就感慨後人評論詩三百時，往往斷章取義，任意取捨：

> 若夫詩小序，不能得詩之最初義，往往取賦詩斷章之義以
> 為義，豈書序之倫哉？故不得為詩之配。

因此，他主張應以本來的面目，也就是全部的面目，作為評斷的依據。換句話說，即是：

> 以經還經，以記還記，以傳還傳，以群書還群書，以子還
> 子。

龔自珍將這一觀念施諸文學批評上，即主張評論作家與作品時，宜知人論世，進行全面的分析。在〈最錄李白集〉一文中，他就從結合作家的思想與創作方法，對李白作總體的評斷：

> 莊、屈實二，不可以并，并之以為心，自白始。儒、仙、
> 俠實三，不可以合，合之以為氣，又自白始也。其斯以為
> 白之真原也已。

龔自珍認為李白之所以為李白的「真原」所在，是要從「心」與「氣」兩方面加以探究的。在「心」的部分，李白除了有莊子的「以翱以翔」之外，也有屈原的「春心秀句」。在「氣」的部分，他則一身兼具了儒、仙、俠的三種思想性格。如此一來，便概括了李白其人其詩的整體面貌，既全面又貼切。

事實上，前面述及對陶淵明的重新定位問題上，龔自珍也是從「全」的觀點出發。祇是他因問題的重心所在，特別強調「感慨」的部分而已。但其結果，也正好顯現出陶淵明的整體面目。所謂的「吟到恩仇心事湧，江湖俠骨恐無多」、「莫信詩人竟平淡，二分梁甫一分騷」及「陶潛磊落性情溫，冥報因他一飯恩」等，龔自珍都全面地從具體的作品分析入手，不但舉出傳統評論，視陶淵明為靜穆、隱逸，身上居桃源的盲點，還補足了他兼有豪情壯志與悲憤不平的一面。將

平淡溫和的性格，與豪俠般跌宕恩仇的風骨都還給了陶淵明。

四、自如

龔自珍的時代，因主張義法、格調及肌理說的盛行，文人往往遠離現實生活，鑽進故紙堆裡，舐屍剔骨，以求取詩文創作的泉源。其流弊所及，不僅「字字臥於紙上」，甚至「誤把抄書當作詩」，〔註46〕把文學弄得像塡補框格一般，不敢稍溢前人一語，因而導致當時文風平庸，乏善可陳。面對這種不良的風氣，龔自珍一再地爲文加以抨擊。在〈述思古子議〉中，對於當時童子的咿嚘不定，勉強爲文，他感慨萬千的說：

> 言也者，不得已而有者也。如其胸臆本無所欲言，其才武又未能達於言，彊之使言，茫茫然不知將爲何等言；不得已，則又使之姑效他人之言，效他人之種種言，實不知其所以言。於是剽掠脫誤，摹擬顛倒，如醉如癡以言，言畢矣，不知我爲何等言。

在〈敍嘉定七生〉一文中，對於專事模仿，以致個人面目盡失的弊端，他也表達了強烈的不滿：

> 譅浪詭隨，媚膚詭骨，捷如鼯猱，一夫搖唇，百夫裹唾，記稱勸說雷同，晏子以告齊君，而商君謂之惡德。又有中年所業垂成，就是它人所嗜好稱說，必強同之，華山旋其面目東向，太室厭其中處，以求同岱宗而止，是造物者混混失面目也。

在〈與人箋〉的信中，對科場文章的千篇一律，龔自珍更呼籲當局要更改功令，以廣收天下眞文：

> 今世科場之文，萬喙相因，詞可獵而取，貌可擬而肖，坊間刻本，如山如海。四書文祿士，五百年矣；士祿於四書文，數萬輩矣；既窮既極，閣下何不及今天子大有爲之初，上書乞改功令，以收眞文。

〔註46〕參袁枚〈論詩絕句〉：「天涯有客號詅癡，誤把抄書當作詩。抄到鍾嶸詩品日，該他知道性靈詩。」

從上引諸文來看，龔自珍認為造成萬口相因，文風平庸的原因有二：一是科舉制度的箝制人心，一是文壇盛行公式化的創作方法，使文人牢籠在形式的框條中，無視來自於現實生活上的材料，纔是豐富創作內容的泉源。因此，龔自珍乃提出「自如」之道，以為救治。在〈涼燠〉中，他就說：

> 行有盜，貌有盜，聲有盜。魯君之宋，呼於垤澤之門，門者弗應。其應者曰：吾君之聲也，此聲也已。夫甲氏之聲，猶夫乙氏之聲，夫乙氏之聲，猶夫丙氏之聲，一呼而不應，則非聲，聲之盜已。或問不盜，則聲至寡，貌至拘，色至壹。曰：聲戚自如，聲喜自如，聲喜戚半自如，至足矣，是壹而萬也，何拘寡之有？

以「聲盜」一詞，形容當時模擬拘寡之風的汎濫，可謂極盡辛辣諷刺的能事。而對治之道，正是「自如」。「自如」之義，依龔自珍的解釋，是「聲戚」則戚，「聲喜」則喜。文學的創作，全來自於個人親切膚受的生活體驗。生活是悲是喜，則創作是悲是喜。不需事先預設公式，架設格局。如此一來，生活的體驗多采多姿，則文學創作所呈現的風貌，也就自然千變萬化。將個人的「自如」，視為文學創作免於拘寡的途徑，是龔自珍本人重視個人感受與生活經驗的體現，也是他「尊情」的結果。

第二節　尊史說的研究

壹、尊史觀念的繼承

從學術思潮的發展來看，龔自珍的「尊史說」，應該是總結自明末清初以來，幾個重要的學術課題的討論結果。當然，他也並非是一成不變的加以繼承，而是同「尊情說」一樣，是經過批判後，再予繼承的。這些討論課題，包括了「詩」與「史」、「經」與「史」和「經」與「政」等會通的問題。由於這些問題的歸趣，都指向「實事求是」的同一目標。而龔自珍也就是在這些課題的啟示以及當時社會環境的

激發下，因感於時代將變，在轉益前人學說後，乃勇於危言深論，重新提出「尊史說」，立志作個揭露時代病痛與瘡疤的人。

一、所受錢謙益等「詩史說」的影響

「詩史」的討論，主要著重在「詩」與「史」是否會通的問題。這一名稱，開始於唐人對杜甫詩的推尊。但因它所牽涉的問題，糾葛太多，所以一直紛爭不斷，歷來未有定論。到了明末清初之際，更成爲學者爭論的焦點之一。持贊成意見者，雖基於反對明代前後七子的復古是尚，「惟崇聲色，高自標置」，要求要比物連類，含蓄委婉。但是，學者們在遭逢亡國變故之後，使得他們更重視「詩史」的意義與作用，將原本屬於文體的討論範疇，賦予更重要的時代責任。非特要求詩歌必須能夠抒寫關懷時事的情志，更以此方法箋釋評價前人的著作。姑不論這樣的作法，是否解決或轉移了「詩史」原來的尷尬處境，但持贊成意見者所以崇揚「詩史」的用心，卻已彰顯無遺。換言之，他們是站在反映時代精神與歷史風貌的訴求點上，對「詩史」加以崇揚。而這一用心，正是後來龔自珍在文學思想上，轉益發明的「尊史說」的源頭之一。清初以來，對「詩史」持肯定態度，並加以崇揚的，爲數不少；依學說的代表性與特殊性，及其與龔自珍「尊史說」的關係而言，本節討論範圍，僅限於錢謙益、黃宗羲及章學誠等人。

1、錢謙益

在時代環境的因素影響之下，錢謙益特別強調，詩的眞性情，必須通過「時」和「境」來加以表現。他認爲詩必須「擊發于境風識浪奔昏交湊之時世」，「身世僧側、時命連蹇之會」，「如土膏之發，如候蟲之鳴，歡欣焦殺，紆緩促數，窮于時，迫于境」，「如風之怒于土壤，如水之壅于息壤，傍魄結轖不能自喻，然後發作而爲詩。」〔註47〕由於，錢謙益重視情感體驗的「世運」的內容，因此，他也就特別重視

〔註47〕見氏著《有學集》卷十五〈愛琴館評選詩序〉、卷十七〈周元亮賴古堂合刻序〉、卷四七〈題燕市酒人篇〉、卷七〈書瞿有仲詩卷後〉。

能夠反映國家興亡與時代盛衰的詩歌。而「詩史」一詞，就其意義以及效用而言，正符合了這項要求。所以，錢謙益對它的宣揚，也就不遺餘力。在〈胡致果詩序〉中，他就說：

> 孟子說：「詩亡然後春秋作。」春秋未作以前之詩，皆國史也。人知夫子刪詩，不知其爲定史；人知夫子之作春秋，不知其爲續詩。詩也，書也，春秋也，首尾爲一書，璃而三之者。三代以降，史自史，詩自詩，而詩之義不能不本于史。……馴至少陵，而詩中之史大備，天下稱之曰詩史。唐之詩入宋而衰，宋之亡也，其詩稱盛。皋羽之慟西臺，玉泉之悲竹國，水雲之茗歌，谷音之越吟，如窮冬沍寒，風高氣慄，悲噫怒號，萬籟雜作。古今之詩莫變于此時，亦莫盛于此時。〔註48〕

錢氏強調詩歌應該具有史的作用，認爲民族危急存亡之秋，常是詩歌藝術最繁盛的時代。這番見解，不僅突出了「詩史」所具有的「史」的時代意義，也透顯出「詩史」所具有的「詩」的藝術價值，使詩與史呈現出相爲表裏的關係。詩與史交滲的關係，在錢謙益的手中，可謂到了緊密無比的地步。

2、黃宗羲

前面討論「尊情說」時，我們曾述及黃宗羲與民族情感緊密結合的「風雷說」；事實上，從對詩歌性質的要求來看，「風雷說」與「詩史說」兩者，有不少相通之處。祇是前者從「情」的觀點切入，而後者則就「志」的部分加以強調。但是，兩者都是作者在面對國家變故之際，將關懷時事的情志，投射於詩論之中，則不容置疑。

黃宗羲有關「詩史」的見解，基本上是站在錢謙益的基礎上，加以發明的。即連錢氏所舉的謝翱與汪元量的例子，也爲他所繼承。在〈姚江逸詩序〉中，他就說：

> 孟子曰：詩亡然後春秋作。是詩之與史相表裏者也。故元

〔註48〕見氏著《有學集》卷十八〈胡致果詩序〉。

遺山中州集竊取此義，以史爲綱，以詩爲目，而一代人物
賴以不墜。錢牧齋倣之爲明詩選，處士纖介之長、單聯之
工，亦必震而矜之。〔註49〕

在〈萬履安先生詩序〉中，黃宗羲更強調詩歌有證史的作用，主張詩
歌的本身也是一種史，可以補史之闕：

今之稱杜詩者以爲詩史，亦信然矣。然汪杜者但見以史證
詩，未聞以詩補史之闕。雖曰詩史，史固無借乎詩也。……
是故景炎、祥興，宋史且不爲之立本記，非指南、集杜，
何由知閩、廣之興廢；非水雲之詩，何由知亡國之慘；非
白石、晞髮，何由知竺國之雙經？陳宜中之契闊，心史亮
其苦心；黃東發之野死，寶幢志其處所，可不謂之詩史乎？

〔註50〕

黃氏雖然一改孟子「詩亡然後春秋作」的說法，認爲「史亡而後詩
作」，並舉文天祥、汪元量、林景熙以及謝翱等人爲佐證；強調「詩
史」的意義，並非是「以史證詩」，而是「以詩補史」。這樣的見解，
不僅繼承了錢謙益詩與史相表裏的學說旨趣，更將「詩史」確立在
「詩的一種性質，是可以替代、補充、發明、印證歷史的創作」的定
義裡。因此，在黃宗羲來看，杜甫的詩是「詩史」，扶風七哀也是「詩
史」；水雲晞髮的詩是「史」，蒼水密之等人的詩，也是「史」。這樣
的講「詩史」，擴大深化了「詩史」的意義與效用，使得詩歌需具備
的「史」的論調，更少掉一分尷尬。

3、章學誠

黃宗羲以後，清代學者豔稱「詩史」的風氣，在雍乾年間，雖因
其中史的意義已稍減，而有所轉移；但俟常州派興起後，強調詩與史
會通的風氣，又有復興得趨勢。由於常州派的求微言大義於語言文字
之外的詮釋立場及手法，是一普遍性的規範，舉凡一切的經史詩文
詞，都涵蓋在其中。所以，它的詩論之高標詩史，褒貶論世，也就是

〔註49〕見氏著《南雷文案》卷一。
〔註50〕見氏著《南雷文定》前集卷一，中華書局。

必然的現象。而且，從其討論詩與史不可析分的文字來看，實際上又是循著黃宗羲的路線發展下來的。〔註51〕

　　尤其是章學誠討論詩文與史的關係。章氏以史學名於世，主張古人未嘗離事言理，力主「六經皆史說」。他的被歸入常州派，正暗示了常州派與史學的關係密切。事實上，在「六經皆史說」的規範下，章氏的論詩，雖不似錢謙益，多從比興上著眼，但其歸趣卻也同樣走上「詩」與「史」會通的道路，要求詩歌須能論世，纔是實事求是。在〈韓柳二先生年譜書後〉中，他就說：

> 文集者，一人之史也；家史、國史與一代之史，亦將取以證焉，不可不致慎也。……撰者或不知文為史裁，則空著其文，將以何所用也。傳錄者或以為無關文義，略而不書，則不知錄其文，將欲何所取也！凡此諸弊，皆是偏重文辭、不求事實之過，前人已誤，不容復追，後人繼作，不可不致意於斯也。〔註52〕

在〈駁文選義例書再答〉中，他也說：

> 詩亡而後春秋作。詩類今之文選耳，而亦得與史相終始，何哉？土風殊異，人事興衰，紀傳所不及詳，編年所不能錄，而參互考驗。其合於中者，如鴟鴞之於金縢，乘舟之於左傳之類；其出於是外者，如七月追述周先，商頌兼及異代之類，豈非文章史事，固相終始者歟？……楊萬里不通太史觀風之意，故駁詩史之說。以兄之卓見而惑之，何哉？〔註53〕

文中，從歷史的觀點出發，主張「文為史裁」，文章與史事相終始，要求詩歌的功能，要能觀世變，與史事參互考驗，進而經世教化；而後代閱讀詩文，也要能「知人論世」，竭盡心力，探索討論，將作者的原義弄清楚。這就是章學誠對詩文與史的關係的主要看法。

〔註51〕　參見龔鵬程〈論詩史〉，該文收入《詩史本色與妙悟》，學生書局，1986年4月，頁70。
〔註52〕　《文史通義》〈外篇二〉，華世出版社，1980年9月，頁266。
〔註53〕　同註6，《方志略例三》，頁485。

　　從錢謙益、黃宗羲到章學誠，我們看到「詩史」作為一價值判斷的文學用語，所以受到崇揚與肯定，主要是它所象徵的意義，滿足了錢氏等人對詩歌的要求。不管其提出的背景，是出於反對前後七子的文學主張，或是反映個人遭逢亡國變故的慘痛，抑是實事求是的學術立場？「詩史」一詞，都以史義為始，以論世、經世為終。它的中心主旨，在於要求作者要通過「世運」，反映真實性情，要有補證史事的作用，而讀者也要站在「知人論世」的觀點，細體作者的微義所在。龔自珍的文學思想，就是循著「以史為義」的目標前進，然後提出他的「尊史說」的。在〈古史鉤沉論二〉中，他就說：

> 周之雅頌，義逸而荒，人逸而名亡，瞽所獻，燕享所歌，
> 大抵斷章，作者之初指不在，瞀儒序詩，以斷章為初指，
> 以諷諫為本義，以歌者為作者，史不能宣而明，謂之大罪
> 三。

這是對讀者讀詩時的叮嚀。換句話說，讀詩，要像是讀史一樣，努力追求作者的本義所在。事實上，龔自珍是要以「史職」自任，自我擔負起歷史的任務，與時代的責任。如此一來，讀詩與「論世」間，就有了密切的關係。而這正是他提出的「尊史」的用意所在。至於在作者方面，既然文章與史事相終始，而且詩文本身又有補證史事的作用，然則「詩成侍史佐評論」，也就成了龔自珍從事詩文創作的終極關懷了。蔣子瀟就曾說龔自珍是「吟詩如作史，中有春秋書」〔註54〕。

　　不僅如此，《全集》中，除〈失題〉一首編年失詳外，其餘六百零四首，皆分別繫以年代，也凸顯了龔詩所具有的「詩史」性質。這都說明了龔自珍的「尊史說」，以及在此形式規範下所創作的詩文，在傳統淵源上，所受到清初以來，學界豔稱「詩史」的風氣影響。

二、所受章學誠「六經皆史說」的影響

　　章學誠「六經皆史說」的歸趣，主要是討論「經」與「史」會通

〔註54〕轉引自《資料集》，頁302。

的問題。

清代乾嘉時期，由於當時漢學的繁瑣餖飣，以及宋學的空言性理，無補於日益暴露的社會危機，紛紛遭來有識之士的針貶。要求學問須有益於時事，否則不足以謂學問也。史學界中，亦不乏這樣的聲音。浙東學派的章學誠，其所倡導的「六經皆史說」，就是明顯的例子。在〈浙東學術〉一文中，他就批評宋學的好言天人性命說：

> 天人性命之學，不可以空言講也，故司馬遷本董氏天人性命之說而爲經世之書。儒者欲尊德性，而空言義理以爲功，此宋學之所以見譏於大雅也。夫子曰：「我欲託之空言，不如見諸行事之深切著明也」，此春秋之所以經世也。……故善言天人性命，未有不切於人事者。〔註55〕

文末，他說：

> 或問：事功氣節，果可與著述相提並論乎？曰史學所以經世，固非空言著述也。且如六經同出於孔子，先儒以爲其功莫大於春秋，正以切合當時人事耳。後之言著述者，舍今而求古，舍人事而言性天，則吾不得而知之矣。學者不知斯義，不足言史學也。

對於當時漢學的繁瑣餖飣，在〈與陳鑑亭論學〉中，他也批評說：

> 著作本乎學問，而近人所謂學問，則以爾雅名物，六書訓故，謂足盡經世之大業，雖以周程義理，韓歐文辭，不難一喙置之。其方通者，則分考訂、義理、文辭爲三家，而謂各有其所長；不知此皆道中之一事耳，著述紛紛，出奴入主，正坐此也。〔註56〕

因此，他認爲：

> 夫文章以六藝爲歸，人倫以孔子爲極，三尺孺子能言之矣，然學術之未盡於古，正坐儒者流誤欲法六經而師孔子耳。孔子不得位而行道，述六經以垂教於萬世，孔子不得已

〔註55〕同註6，《內篇》，頁52。
〔註56〕同註6，《外篇三》，頁339。

也。……以孔子之不得已而誤謂孔子之本志，則虛尊道德
文章，別為一物，大而經緯世宙，細而日用倫常，視為粗
跡矣。故知道器合一，方可言學；道器合一之故，必求端
於周孔之分；此實古今學術之要旨。〔註57〕

綜括對當時學風的看法，章學誠認為「漢學家尙考證，而失在薄詞
章；宋學家索義理，而失在略證實。漢學家拘泥於服、鄭訓詁，宋
學家束縛在程朱語錄，結果義理入於虛無，考證徒為糟粕。」〔註58〕
而這種偏失，正是他所極力反對的。所以，他要求即事言理，不空
言著述，道器合一，纔是古今學術的要旨。在〈經解中〉一文中，他
就說：

事有實據而理無字形，故夫子之述六經，皆取先王典章，
未嘗離事而著理。〔註59〕

在〈原道〉（中）中，他也說：

道不離器，猶影不離形。後世服夫子之教者自六經，以謂
六經載道之書也；而不知六經皆器也。……蓋以學者所習，
不出官司典守、國家政教，而其為用，亦不出於人倫日用
之常，是以但見其為不得不然之事耳，未嘗別見所載之道
也。夫子述六經以訓後世，亦謂先聖先王之道不可見，六
經即其器之可見者也。〔註60〕

　　章學誠既要求學問要即事言理，道器合一，然則他的提出「六經
皆史說」，也即在救治當時學風的偏失。在〈易教〉（上）文中，他
就說：

六經皆史也。古人不著書；古人未嘗離事而言理，六經皆
先王之政典也。〔註61〕

〔註57〕同上。
〔註58〕見氏著《與孫汝枏論學書》，轉引自湯志鈞《近代經學與政治》，中
　　　　華書局，1989 年 8 月，頁 88。
〔註59〕同註 6，《內篇一》，頁 29。
〔註60〕同註 6，《內篇二》，頁 35。
〔註61〕同註 6，《內篇一》，頁 1。

在他認為：

> 史所貴者義也，而所具者事也，所憑者文也。……非識無
> 以斷其義，非才無以善其文，非學無以練其事。〔註62〕

史的意義與作用，正符合他即事言理，道器合一的要求。然則，六經
非特是先王的政典，而且是史，是「聖人取此六種之史以垂訓者耳」，
其中是存在著「史意」的。而「史意」之作用，則在於「經世」。這
一特點的標明，正好凸顯出章學誠「六經皆史說」的核心所在。即事
言理的要求出於此，道器合一的最終目的，也不離於此。對章學誠而
言，「史意」之有無，「經世」之能否，成為判斷是否列入「史學」的
唯一標準。在〈言公〉（上）中，他就說：

> 作史貴知其意，非同於掌故，僅求事文之末也。夫子曰「我
> 欲託之空言，不如見諸行事之深切著明也。」此則史氏之
> 宗旨也。〔註63〕

即使與史學有關，但缺乏前述性質與作用者，亦不得列為「史學」。
在〈浙東學術〉的自注中，章學誠就將整輯排比的史篡，與參互搜討
的史考，都排除在史學之外。〔註64〕

　　顯然，章學誠「六經皆史說」的旨趣，與「詩史說」一樣，都有
意突出其中所具有的「史意」的性格，以彰顯其中「經世」的作用。
其後來蔚為一股要求經世致用的學術風潮，學者多從風響應，施之政
事。龔自珍的「尊史說」，也就是承緒這一股風潮，並加以發展後提
出的。

　　龔自珍在〈阮尚書年譜第一序〉中就說：

> 道載乎器，禮微乎數。……莫遁空虛，咸就繩墨，實事求
> 是，天下宗之。

在〈與江子屏牋〉中，他也說：

〔註62〕同註6，《內篇五》，頁147。
〔註63〕同註6，《內篇四》，頁105。
〔註64〕同註6，《內篇二》〈浙東學術〉：「整輯排比，謂之史篡，參互搜討，
　　　　謂之史考，皆非史學。」

　　　　夫讀書者實事求是，千古同之。

龔自珍直接以道器合一，禮數合一的事實，明白揭示「實事求是」，纔是千古以來，讀書的歸趣所在。不能實事求是，就不能即器言道，即數徵禮，就會遁入空虛，使學問成為無用之物。事實上，龔自珍的這番議論，也市針對當時學風的偏失而發的。在前一篇文章中，他就說：

　　　　談性命者疏也，恃記聞者陋也，道之本末，畢賅乎經籍言，
　　　　言之然否，但視其躬行，言經學而理學而可包矣，觀躬行
　　　　而喙爭可息矣矣。

在後一篇文中，對漢學的瑣碎餖飣，他也批評說：

　　　　近有一類人，以名物訓詁為盡聖人之道，經師收之，人師
　　　　擯之，不忍深論。

可見龔自珍講求「實事求是」的環境背景，是與章學誠相同的。因此，要即禮徵數，即器言道，就必須先「尊史」。在〈尊史〉中，他就說：

　　　　出乎史，入乎道，欲知大道，必先為史。

龔自珍對於「史」的推尊態度，基本上是與章學誠相同。他的「孔子述六經，則本之史」與「不以孔子之所憑藉者憑藉，此失其器也」，都可以看出承自章學誠的痕跡。所以，他說：「號為治經則道尊，號為學史則道絀，此失其名也。知孔氏之聖，而不知周公、史佚之聖，此失其祖也。」

　　　雖然，龔自珍亦由此確立了他「尊史說」的「經世」性格。但是，章學誠祇講「六經皆史」，其用意在明辨學術，考鏡源流；而龔自珍則進一步認為「諸子亦是史」，主張「天地東南西北之學」，不僅擴大了章學誠的範圍，並且將學術上的辨明工作，拉到現實環境裡，寓誅伐與建設於詩文創作中。〔註65〕這就使得他的史論，雖源於章學誠，其最終卻又與之異趣，而重新提出「尊史說」的妙論。

─────────────

〔註65〕見侯外廬《近代中國思想學說史》（下），頁623。

三、所受莊存與等「春秋經世說」的影響

從學說的內容來看,「春秋經世說」與上述的「六經皆史說」同旨,都以「經世」爲歸趣。不過,章學誠的「六經皆史說」,是將傳統視爲不可動搖的經書,收攝於史學之中,認爲孔子是本乎史以述六經;而莊存與等人所提倡的「春秋經世說」,則是依托儒經,挾春秋以自重,認爲孔子之前不得有經。到龔自珍身上,卻又將二者吸納匯聚於一身,以成全其「尊史說」。這中間似有難以自圓的矛盾存在。但這正是龔自珍不拘一格的思想性格的結果。不止文學思想的淵源如此,即連其詩文創作的淵源,也可以看出他是以自己的體會,衡量繼承、吸收一切傳統的標準。他從來不將自己限在一個既定的模式裡,他可以在承緒章學誠的「六經皆史說」後,又繼而汲取莊存與等人的「春秋經世說」,以豐富紮實「尊史說」的內涵。

以莊存與爲首的「春秋經世說」,其學說的歸趣,即在探討「經」與「政」間的會通問題。其興起的背景,主要是因爲乾嘉盛世的背後,已隱約透露衰敗的跡象,吏治敗壞,賄賂公行。莊存與等人有鑑於此,爲了「大一統」的王朝,乃奮起主張「春秋經世說」,以繫王朝命脈於不墜。他們的年代,雖稍早於龔自珍,但其主要的奠基者,如劉逢祿、宋翔鳳等人,龔自珍皆能躬逢其時。尤其是劉逢祿,龔自珍更親炙其學。

大體而言,莊存與等人的學說,主要是以《公羊》家法,發揮《春秋》一書裡的「微言大義」,以達到經世致用的旨趣。此派的開創者莊存與,研經窮源入微,不拘漢宋門戶,重在剖析疑義,務求實用。他最重要的著作《春秋正辭》,就是一本發揮《春秋》中「微言大義」的書。在序目中,他就說:「讀趙先生汸《春秋屬辭》而善之」而作的。〔註66〕查趙氏之書,其要旨在於說明「《春秋》,經世之書也。」〔註67〕然則莊存的著作歸趣爲何,不言可喻。在《春秋要旨》中,他

〔註66〕見氏著〈春秋正辭・序目〉。
〔註67〕趙汸〈春秋屬辭自序〉,輯入《經義考》卷一九八。

就說：

> 《春秋》治亂必表其微，所謂禮禁未然之前也，凡所書者
> 有所表也，是故《春秋》無空文。〔註68〕

　　莊氏之後，外孫劉逢祿承緒其說，將《春秋》的經世之旨，往前推進一步，使其體例更臻嚴密。在〈釋內事例〉中，他就說：「《春秋》垂法萬世」，「爲世立教」，「禁於自然」，是「禮義之大宗」，能「救萬世之亂」。〔註69〕在〈釋兵事例〉中，他也任爲《春秋》一書，是「將以禁暴除亂，而維封建於不敝。」〔註70〕而《春秋》三傳之中，能「知類通達，微顯闡幽」的就是《公羊傳》。

　　至於，與劉逢祿同年的宋翔鳳也認爲「《春秋》之義，天法也，其不隨正朔而變，所謂天不變也。」〔註71〕認爲《春秋》之義，「舍今文末由」，「當用《公羊》。」〔註72〕

　　綜觀莊、劉等人的「春秋經世說」，都崇揚《春秋》，謹守《公羊》家法，以取法致用。其理由是《春秋》乃「五經之管鑰」，是「經世」之書，「禮義之大宗」，可以「舉往以明來，傳萬世而不亂。」〔註73〕而三傳中，所以獨崇《公羊》，則是因爲《公羊》以「春秋起衰亂以近升平，由升平以極太平」，〔註74〕特別重視「通三統」、「張三世」諸例，辨明分，定尊卑，明外內，舉輕重。而孔子之作《春秋》，正是「于所見（昭、定、哀）微其辭，于所聞（文、宣、成、襄）痛其禍，于所傳聞（隱、桓、莊、閔、僖）殺其恩」，「于所傳聞世見撥亂始治，于所聞世見治，粼粼進升平，于所見世見治太平。」「由是辨內外之治，明王化之漸施詳略之文，魯愈微而《春秋》之化益廣，世益

〔註68〕見氏著〈春秋正辭・春秋要指〉。
〔註69〕見《劉禮部集》卷四。
〔註70〕同註22，卷三。
〔註71〕見氏著《過庭錄》卷四〈元年春王周正月〉與〈天王使宰垣東歸惠
　　　　公子仲子之賵，夫人子氏薨、君氏辛〉條。
〔註72〕同註24。
〔註73〕同註21。
〔註74〕同註22，《釋三科例》上〈張三世〉。

愈亂而《春秋》之文益治。」〔註75〕可見要懂得孔子作《春秋》之旨，就必須先深研《公羊》義例。

莊存與等人依附《春秋》，闡發《公羊》，比跡「三統」、推演「三世」，進而經世的主張，是很容易引起後來倡言同樣旨趣的人共鳴的。龔自珍的年代，雖稍稍晚於莊、劉等人。但他所生活的時代衰象叢生，較之他們則有過之而無不及，加上龔自珍少時即有經世之意，因此，他的「經世」主張，雖與莊、劉等人有異，從從其歸趣言，則又有可供汲取的地方。

事實上，從《全集》中，有關莊、劉等人的詩文來看，龔自珍對這一派的學說，是頗為嚮往，而且契合的。莊存與因年代較早，他是無緣會見的。但從他在〈與江子屏牋〉中，條例十不安，以駁斥江藩〈國朝漢學師承記〉的名目，就可看出他對莊氏的態度之一斑：

> 本朝別有絕特之士，涵泳白文，創獲于經，非漢非宋，亦惟其是而已矣，方且為門戶之見者擯。

而在應莊存與之孫莊綏甲之請，所撰的〈資政大夫禮部侍郎武進莊公神道碑銘〉文中，他更推譽莊氏本人說：

> 學足以開天下，自韜污受不學之名，為有所權緩迤輕重，以求其實之陰濟於天下，其澤將不惟十世，以學術自任，開天下知古今之故，百年一人而已。

在下文中，他更說：

> 若乃受不學之名，為有所權以求濟天下，其人之難，或百年而一有，或千載而不一有，亦或百年數數有。雖有矣，史氏不能推其跡，門生、學徒、愚子姓不能宣其道，若是，謂之史之大隱。有史之大隱，於是奮起不為史而能立言者，表其灼然之意，鉤日於虞淵，而懸之九天之上，俾不得終隱焉而已矣。

這一段話，意味著即使是對常州學派的開創者莊存與而言，龔自珍仍不免從他「尊史」的觀念出發議論。這就可以看出，龔自珍的「尊

〔註75〕同註22。

史說」，既汲取於莊、劉等人的「春秋經世說」，卻又有所別於它之所在。

至於，對於劉逢祿本人，龔自珍更是禮敬之至。他二十八歲時從劉氏學習《公羊》學。在〈己卯自春徂夏，在京師作，得十有四首〉之六中，他對於劉逢祿的衷心服膺，就溢於言表：

> 昨日相逢劉禮部，高言大句快無加。從君燒盡蟲魚學，甘作東京賣餅家。

龔自珍自幼即受外祖父段玉裁小學方面的薰陶，對劉逢祿竟能稱許如此，可見其經世之心，與劉氏之間的心契程度。劉氏逝世後，在〈己亥雜詩〉第五十九首中，龔自珍就悲吟說：

> 端門受命有雲礽，一脈微言我敬承。宿草敢祧劉禮部，東南絕學在毗陵。

以「絕學」比喻劉氏的今文經學，並心領敬承其所傳下的「微言」。可見龔自珍對劉逢祿的稱道情形。

對於莊存與的另一弟子宋翔鳳，龔自珍亦稱讚有加。在〈投宋于庭〉中，他就說：「游山五岳東道主，擁書百城南面王。萬人叢中一握手，使我衣袖三年香。」在〈己亥雜詩〉第一三九首中，更以屈賈的英靈比擬宋翔鳳本人說：「玉立長身宋廣文，長洲重到忽思君。遙憐屈賈英靈地，樸學奇才張一軍。」詩自注說：「奇才樸學，二十年前目君語，今無以易也。」

但是，最足以說明龔自珍心儀常州學派的，莫過於他的〈常州高材篇，送丁若士〉：

> 丁君行矣龔子忽有感，聽我擲筆歌常州。天下名士有部落，東南無與常匹儔。……奇才我識惲伯子，絕學我識孫季述，……乾嘉輩行能悉數，數其派別徵其尤……學徒不屑談賈孔，文體不甚宗韓歐；……常人倘欲問常故，異時就我來諮諏……珠聯璧合有時有，一散人海如鳧鷗。噫！才人學人一散人海如鳧鷗，明日獨訪城中劉。

不僅對常州學派難掩其欣慕之情，對其人物掌故的熟悉程度，亦表達

了充分的自信心。

不過，早在龔自珍二十八歲受學於劉逢祿之前，他對今文經學已經有了相當程度的認識。如〈明良論〉、〈乙丙之際著議〉及〈江子屏所著書序〉等文章中，都已透露出因革損益的微義，以及襲用「三世」、「三統」說的議論。在〈乙丙之際著議第七〉中，他就說：

> 夏之既夷，豫假夫商所以興，夏不假六百年矣乎？商之既夷，豫假夫周所以興，商不假八百年矣乎？無八百年不夷之天下，天下有萬億年不夷之道。然而十年而夷，五十年而夷，則以拘一祖之法，憚千夫之議，聽其自仆，以俟踵興者之改圖爾。

在〈乙丙之際著議第九〉中，他則明言深於春秋者，以三世說論世：

> 吾聞深於春秋者，其論史也，曰：書契以降，世有三等，三等之世，皆觀其才；才之差，治世爲一等，亂世爲一等，衰世別爲一等。

在〈江子屏所著書序〉中，也可以看出他襲用三統循環，抒發議論的跡象：

> 傳不云乎？三王之道若循環，聖者因其所生據之世而有作。……不以文家廢質家，不用質家廢文家，長悌其序，臚以聽命，謂之存三統之律令。

至於，龔自珍在從劉逢祿親炙《公羊》之學後，其著作如〈古史鉤沉論〉、〈五經大義終始論〉等，援引「三世」、「三統」，以推衍變革損益的道理的，就更加明顯了。如：

> 觀其制作曰：成矣！求之春秋，則是存三統、內夷、狄，譏二名之世歟？三統已存，四夷已進，譏僅二名，大端將致，則和樂可興，而太平之祭作矣。

又：

> 古者開國之年，異姓未附，據亂而作，故外臣之未可以共天位也，在人主則不暇，在賓則當避疑忌。是故箕子朝授武王書，而夕投袂於東海之外；易世而升平矣，又易世而太平矣，賓且進而與人主之骨肉齒。

但是，在〈最錄春秋元命苞遺文〉中，他則說：

> 春秋緯於七緯中，最遇古義矣。元命苞尤數與董仲舒、何
> 休相出入。凡張三世，存三統，新周故宋，以春秋當興王，
> 而託王于魯，諸大義往往而在，雖亦好言五行災異，則漢
> 氏之恆疾，不足貶也。

可見龔自珍並非一味的襲用由據亂而升平而太平的易世而變的道
理，對於「三統」與「三世」等今文古義，他自己也是下了一番探微
的功夫的。

　　不過，龔自珍雖繼承了莊存與、劉逢祿等人闡釋經書的方法論，
以《公羊》之義譏切時政，但他並不像莊存與等人，是以經書為指歸，
根據經書而立論；他的援引《公羊》之義，是為了譏切時政，其目的
是「論世」。因此，儘管他受到了今文學家極深的影響，其中仍然有
極大的差別。這差別主要是來自於時代階段性的不同。今文學的主要
特色，是「因革損益」，是「變」；所以，時代既然有所變，學說的本
身，也就不得不變。龔自珍在繼承莊、劉等人之後，又轉益發明，於
勢於理，似乎也不得不如此了。

貳、尊史說的重新提出

一、錢謙益等人的學說轉益

　　由於龔自珍是處在他那個時代的轉捩點，時代的暮靄沈沈，激
發他興起憂危與救亡的心情。他為了力挽頹波，抒展其攬轡澄清的
抱負，他必然一方面嚮往理想世界的追求，另一方面則努力探索現實
世界的諸種弊病，這是歷來所有胸懷偉大志向的人，必然呈現的心
理連鎖反應。因此，龔自珍為了使他的詩文，擔負起補證史事，乃
至發揮「經世」的作用，他除了緬想一個「盛世」的情景外，必然構
建出一也個「衰世」的景象，使詩文有可為當時社會見證的理論依
據。而莊存與等人的「春秋經世說」裡的「三世說」，正足以滿足這
個需求；因此，龔自珍雖承繼了清初以來學界豔稱「詩史說」，但他

更將它與公羊學家的說法交相鎔鑄，在理論上，構建出一個「盛衰對照」的時代輪廓，使得「詩」與「史」間的會通，有其更爲縱深的理論基礎。

　　龔自珍作爲一個詩人與思想家，他曾一再的提到他的深思，如「積思」、「淵淵夜思」與「思慮之至」等，這些告白，正是他將形象思維的「詩史說」，與哲理考察的「春秋經世說」鎔鑄於一爐的原始推動力。所以，他雖汲取了「詩史說」，卻又有所異於杜甫以來所謂「詩史」的傳統。可見龔自珍雖自覺地「詩成侍史佐評論」，但他在詩歌中所呈現的「詩史」的精神，卻更富有個人獨特的風貌，以及歷史盛衰的興替之感。這是他轉益前人「詩史說」的地方。

　　其次，對於章學誠的「六經皆史說」，龔自珍也作了一番轉益的功夫。章氏的「六經皆史說」，旨是在針貶當時漢學與宋學的流弊，提倡道器不離，事理合一的主張，目的雖也在「經世」，是祇是學術上的明辨源流而已。這是不能滿足龔自珍強烈的「經世之志」的。他思想的主體，是活生生的議政，是踏實的社會批判。

　　龔自珍議政論世的思想歸趣，不僅使他無法寫定群經〔註76〕，也使他不願停留在「六經皆史說」的辨章學術上。就像他將「詩史說」與「春秋經世說」鎔鑄於一爐一樣，在轉益「六經皆史說」的方面，他也將公羊經學家的「春秋經世說」滲入其中，使其更見匡時議論之功。

　　首先，他活用《公羊》義法中的「三世」說，在「一代之治，即一代之學」的原則下，締造出一個師儒之學的流變。在〈乙丙之際著議第六〉中，他就以道、學與治的分合情形，作爲判定治世、亂世或是衰世的準則，從而提出道、學、治三者合一的主張。所謂治世是：

> 自周而上，一代之治，即一代之學也。……王、若宰、若
> 大夫、若民相與以有成者，謂之治，謂之道。若士、若師

〔註76〕詳見本論文第一章第一節《以經術作政論》部分。

儒法則先王、先冢宰之書以相講究者，謂之學。師儒所謂
學有載之文者，亦謂之書。是道也，是學也，是治也，則
一而已矣。乃若師儒有能兼通前代之法意，亦相誠語焉，
則兼綜之能也，博聞之資也。

而在亂世，諸子百家雖各鳴其學，但亦能盡史職：

師儒之替也，原一而流百焉，其書又百其流焉，其言又百
其書焉。各守所聞，各欲措之當世之君民，則政教之末失
也。雖然，亦皆出於其本朝之先王。……世之盛也，登其
朝，而習其揖讓，聞其鐘鼓，行於其野，經於其庠序，而
肄其豆籩，契其文字。……及其衰也，在朝者自昧其祖宗
之遺法，而在庠序者猶得據所肄習以為言，抱殘守缺，纂
一家之言，猶足以保一邦、善一國。

至於亂世，則是：

生不荷橿鋤，長不習吏事，故書雅記，十窺三四，昭代功
德，瞠目未睹，上不與君處，下不與民處。

顯然，龔自珍是將「三世說」滲入章學誠的「六經皆史」中，這分明
已不是史學家的史學，而是《公羊》學家的「微言大義」了。他認為
即使是到了衰世，亦應該「寵靈史氏」，「以良史之憂憂天下」，據所
肄習之言，以匡時論政。但這衹是第一步的轉益而已。

對於章學誠的「六經皆史說」，龔自珍不但予以繼承，並且將之
擴大，認為諸子亦是史。在〈古史鉤沉論二〉中，他就說：

夫六經者，周史之宗子也。易也者，卜筮之史也；書也者，
記言之史也；春秋也者，記動之史也；風也者，史所采於
民，而編之竹帛，付之司樂者也。雅頌也者，史所采於士
大夫也。禮也者，一伐之律令，史職藏之故府，而時以詔
王者也。……故曰：五經者，周史之大宗也。

這是他與章學誠相近的地方。但接著他就以「諸子也者，周史之小宗
也」，遠離了章學誠：

諸子也者，周史之小宗也。……老於禍福，熟於成敗，挈
萬事之盈虛，窺至人之無竟，名曰任照之史，宜為道家

> 祖。……劉向云：道家及術數家出於史，不云餘家出於史。
> 此知五緯、二十八宿異度，而不知其皆繫於天也；知江河
> 異味，而不知皆麗於地也。故曰：諸子也者，周史之支孽
> 小宗也。

由引劉向言來看，龔自珍的諸子亦史說，亦是有所本於前人。但所謂「老於禍福，孰於成敗」，其所凸顯的意義，則都反映了龔自珍議政論世的思想歸趣。所以，與其說「諸子亦史」於真實歷史似是如此，勿寧說是龔自珍受今文學家的影響，在「尊史」的前提下，所發出的「微言大義」。而且從他以「任」字，冠於各家之上，更凸顯出「諸子亦史」的用意在。

事實上，龔自珍的「六經皆史」以及「諸子亦史」的議論，都是奠立在「尊史」的基礎上發論。在前揭文中，他就說：

> 史之外無有語言焉；史之外無有文字焉；史之外無有人倫
> 品目焉。史存而周存，史亡而周亡。……滅人之國必先去
> 其史；隳人之枋，敗人之綱紀，必先去其史；絕人之材，
> 湮塞人之教，必先去其史；夷人之祖宗，必先去其史。

龔自珍將史的範圍及其重要性，擴大到無所不包、無可企及的地步，又將史職定義在議政論世的範疇裡。在這種「尊史」的形式規範之下，龔自珍的詩文創作，將以何種的面貌面世，不言可喻。

在議政論世的過程中，龔自珍不諱言「古方」，就是明顯的例子。在〈對策〉中，他就說：

> 經史之言，譬方書也。施諸後世之孰緩、孰亟，譬用藥也。
> 宋臣蘇軾不云乎：藥雖呈於醫手，方多傳於古人。若已經
> 效於世間，不必皆從於己出。

顯然，龔自珍的汲取「春秋經世說」，這是一個重要的因素。不過，由於他所處的時代較莊、劉為晚，仕途較莊、劉為坎坷，而社會危機也較莊、劉時尤為嚴重，因此，儘管他受到了公羊學家很深的影響，但卻不像他們一樣，認為孔子之前，不得有經，謹守著「春秋，五經之管鑰」的準則，一切事理皆根據經書立論。在〈六經正名〉答問

中，龔自珍就說：「孔子之未生，天下有六經久矣」、「仲尼未生，先有六經；仲尼既生，自明不作；仲尼曷嘗率弟子使筆其言以自制一經哉？亂聖人之例，淆聖人之名實，以爲尊聖，怪哉！非所聞，非所聞！」「仲尼未生，已有六經，仲尼之生，不作一經。」因此，對於公羊家法的運用，龔自珍就有制訂了一套規範。在前揭文中，他就說：

> 至夫展布有次第，取舍有異同，則不必泥乎經、史。

他的「不必泥乎經史」，也即文章開始時所說的：

> 人臣欲以其言裨於時，必先以其學考諸古。不研乎經，不知經術之爲本源也；不討乎史，不知史事之爲鑑也。不通乎當世之務，不知經、史施於今日之孰緩、孰亟、孰可行、孰不可行也。

所謂「當世之務」，不僅點明了龔自珍轉益莊存與等人的學說的主要依據所在，也顯現出他重新構建的「尊史說」，其終極關懷，是在「當世之務」上面。因此，他雖然對莊存與諸人存有崇高的敬意，但對他們的戀棧經書，也提出了批判。在〈春秋決事比答問第三〉中，他就說：「公羊氏失辭者二，失事實亦三；何休大失辭者一」，可見他並不拘泥於《公羊》家法。在〈春秋決事比自序〉中，他更間采旁家，以充實「尊史說」的論據：

> 凡建五始，張三世，存三統，異內外，當興王，及別月日時，區名字氏，純用公羊氏；求事實，間采左氏；求雜論斷，間采穀梁氏，下采漢師，總得一百二十事。

這種不唯經是從的態度，使龔自珍進一步擴大了「通三統」、「張三世」的應用範圍。在「通三統」方面，他擴大了原本所具有的政治與書法兩種意義。他認爲文化本身是累積的，除了正朔之外，其他禮樂書體載籍都不應祇保存三代。在〈古史鉤沉論四〉中，他就說：「王者，正朔用三代，樂備六代，禮備四代，書體載籍備百代。」另外，他提出「尊賓」的主張說：「賓也者，三代共尊之而不遺也。夫五行不再當令，一姓不再產聖。……賓也者，異姓之聖智魁傑壽考也。」

〔註77〕這也是「通三統」的另一說法。從「賓」所懷抱的「古之禮樂道藝」來看，所謂「尊賓」，其實也就是「尊史」。

在「張三世」方面，龔自珍不僅認為春秋時代可以分為三世，古今的歷史，也可以分為三世。在〈五經大義終始答問八〉中，他就說：

> 通古今可以為三世，春秋首尾，亦為三世。大橈作甲子，一日亦用之，一歲亦用之，一章一蔀亦用之。

又，〈壬癸之際胎觀第五〉：

> 萬物之數括於三：初異中，中異終，終不異初。一苞三變，一橐三變，一橐核亦三變。……萬物一而立，再而反，三而如初。

雖然「三而如初」，有陷入循環論的危機。但他的循環，其實是不同層次的循環，中間仍是有著變化的。在〈釋風〉中，他就說：

> 古人之世，儵而為今之世；今人之世，儵而為後之世，旋轉簸蕩不已。

在〈上大學士書〉，他也說：

> 自古及今，法無不改，勢無不積，事例無不遷，風氣無不移易。

龔自珍在學術性格上的不唯經是從，雖然使他不守繩墨，不拘家法，全依據對「當世之務」的感受，以議政論世。但是，專就其詩文所開創的精神而言，不唯經是從並無直接的關聯；更可貴的，應該是他的不唯上是從。今文經學家雖也講求「變」，但其「變」的目的，是為了維護「大一統」，鞏固朝廷的中央政權於不墜。換言之，他們的「變」，是不及於最高統治階層的。莊存與在〈天子辭〉中就說：「全至尊而立人紀」。〔註78〕對今文經學家而言，「至尊」的天子，永遠是不可搖憾的，人臣可作的，祇能是仰承鼻息，揣摩聖意而已。

但龔自珍就不同了。他雖然不徹底，在當時卻已屬難能可貴了。

〔註77〕同上。
〔註78〕同註21，卷二，〈天子辭〉。

在《尊命》中，他就否認了「君有父之嚴，有天之威」的儒家言論，認為人臣不祗要「以道事君」，還要「格君心之非」，不可以像「趙高匿其君以為尊君」，而是「無日不以天下相見以尊君」。在〈尊隱〉中所描寫的「山中之民，有大音音聲起，天地為之鐘鼓，神人為之波濤」，更直接顫慄了「至尊」的統治階層，預示一股新生力量所可能造成的新時代的來臨。

　　在〈乙丙之際著議第七〉中，他所一再呼籲的「一祖之法無不敝，千夫之議無不靡，與其贈來者以勁改革，孰若自改革？」以夏、商、周的朝代更替為例，暗示「拘一祖之法，憚千夫之議」，也將為「來者」所取代。這同樣直接以政權的延續與否示君，全然不似今文經學家的作風。可見龔自珍的呼喚風雷，期待變革，並不從「大一統」的觀點出發，他所關心的是國家民族的存亡，是社會危機的日益顯露。也可以說，他所關心的是，團體與個體的「人」的安危，而不是一個「萬人之上」的「人」的安危。「不唯經是從」，在龔自珍的詩文創作，未必真能夠開得出像梁啟超所說：「晚清思想的解放」的局面，但是，「不唯上是從」，對幾千年的帝王專制而言，確實能夠開出屬於近代的時代風氣。

參、尊史說的嶄新內涵

　　總結上述，可以發現龔自珍對於錢謙益等人的學說的轉益，是將「詩史說」、「六經皆史說」與「春秋經世說」三者，以交叉互注的方式，依自己的需要熔鑄於一爐之中。對於「詩史說」，他是將公羊經學家的「三世說」植入其中，使得「詩」在補證「史」的部分，有其更縱深的理論基礎，使「詩」更能夠在預設時代階段裡，貼近並且反映當時的社會狀況，以印證「衰世」來臨時的諸種景象，進而為要求更法與變革張目。對於「六經皆史說」，他亦將「三世說」植入其中，從道、學、治三者之間的分合，以「一代之治，即一代之學」為前提，締造出一個師儒之學的流變，用以抨擊當時士大夫的不學無術，不盡

言責。同時，他還擴大了「史」的範圍，將一切人倫品目，都囊括其中。其目的無非是要徹底的「實事求是」，使「經」（包括諸子）與「史」完全會通，眞正做到「即事言理」、「道器合一」的地步，以便將議政論世的思想歸趣，踏踏實實地付諸生活實踐之中。對於「春秋經世說」，他則從「史」的觀點出發，打破公羊經學家唯經是從與唯上是從的禁忌，活用了「三世說」與「三統說」，在政治與書法上的意義，使得「經」與「政」的會通，有著更進步的時代意義，進而要求朝廷重視文化的累積，重用異姓人才，留意時勢，從事更法與變革。龔自珍就是以這種因革損益，交叉互注的方式，轉益了前人的學說，進而在文學思想的範疇裡，提出他的「尊史說」。

從以上所述來看，龔自珍在轉益前人之說後，所重新提出的「尊史說」，至少有三項嶄新的內涵，值得注意：

1、在「尊史」的形式規範下，龔自珍主張「一代之治，即一代之學」，以達到「經世致用」的創作歸趣。

「一代之治，即一代之學」，本是龔自珍在要求經史研究要面對現實社會時所提出的。但事實上，從《全集》中有關的論述來看，這一要求也貫穿了他的文學創作。在〈對策中〉中，他就說：

> 臣考周之三物六行，鄉大夫、遂人掌之，而飲射讀法，及教民祭祀之禮，及書其過惡，皆州長、黨正主之。然則黨正即一黨之師，州長即一州之師，明矣。上而鄉遂之大夫，亦即鄉遂之師。豈若後世官吏自爲官吏，師儒自爲師儒，曰刺史，曰守令以治民，曰博士、曰文學掾以教士之區分乎？君與師之統不分，士與民之藪不分，學與治之術不分，此所聞於經者也。

龔自珍「尊史」思想的規範，首先表現在他處理文學與時代兩者間的互動關係上。他認爲文隨世變，什麼樣的時代，就有什麼樣的文學風貌產生；文學風貌是隨著時代的脈動而起伏變化的。在〈四先生功令文序〉中，他就說明文學需要反映時代，與時代相結合的重要意義：

> 自珍嘗之五都之廛，市諸物，見有內外完好不呲窳者，必
> 五十歲前物，曷嘗不想見時運之康阜，民生之閒暇，雖形
> 下之器，與夫專道藝者等。

從時代的觀點來看，龔自珍認為文學就如同商品的品質一樣，是可以
測定時代豐阜與否的指標。因此，盛世的文人，在性情上多的是深沉
惻悱，其文章的風格，也往往叫嘯自恣，以芳逸為宗。所以，他認為
作為「形下之器」的文學，也要有能反映時代，「想見時運」的作用
在，纔能真正符合「一代之治，即一代之學」的要求。

　　龔自珍的詩文創作，也確實能夠將「一代之治，即一代之學」的
規範付諸實踐。觀其從諸子百家之言、三百年間的科名掌故，乃至
天地東南西北之學，無一不在其蒐羅研討的範圍之內便可知。正如他
在〈對策〉中所宣稱的，「研諸經，討諸史，揆諸時務」一樣，冀有
朝一日能效千慮之一得。魏源在〈定盦文錄序〉中就說龔自珍「於經
通公羊春秋，於史長西北輿地。以周秦諸子、吉金樂石為崖郭，以
朝章國故、世情民隱為質幹」，可見龔自珍對於他所處的時代，是一
個真正能夠做到「一代之治，即一代之學」的人，這是他詩文的可貴
之處。

　　2、在「尊史」的形式規範下，龔自珍主張「詩成侍史佐評論」，
以達到「經世致用」的創作歸趣。

　　龔自珍既提出「一代之治，即一代之學」的主張，要求文學創
作，要能正視並且反映現實社會，然則在詩歌的創作規範上，他也就
進一步提出「詩成侍史佐評論」，使詩歌創作更能體現議政論世的思
想性格。

　　事實上，龔自珍除了從學術源流的觀點，認為詩人本是群史之支
流，因此詩歌必須具有「侍史」的功能，以佐證後世的評論外；他也
同時認為選詩的本身，也是因為不得兼有史職，纔將「史意」隱藏在
其中的。在〈張南山國朝詩徵序〉中，他就說：

> 若人號稱選詩也何故？曰：是職不得作史，隱之乎選詩，

又兼通選詩者也。其門庭也遠，其意思也譎，其體裁也賅。
吁！詩與史，合有說焉，分有說焉，合之分，分之合，又
有說焉。畢觸吾心而赴吾志，吾所著書益寫定。

值得一提的是，龔自珍因為「尊史」的緣故，其文章中，每有
周公、史佚等一類史官人物的出現；其目的除了是推溯源流外，也
是表達他個人對史官一職的嚮往之意。在〈古史鉤沉論二〉中，他
就說：

號為治經則道尊，號為學史則道絀，此失其名也。知孔氏
之聖，而不知周公、史佚之聖，此失其祖也。夢夢我思之，
如有一介故老，攘臂河洛，憫周之將亡也，與典籍之將失
守也，搜三十王之右史，拾不傳之名氏，補詩書之隙罅，
逸於後之別鐘彝以求之者。……嗚呼！周道不可得而見
矣，階孔子之到求周道，得其憲章文、武者何事？夢周公
者何心？吾從周者何學？

這一情形，在「詩成侍史佐評論」規範下，亦不時出現在詩中。如
〈夜坐〉之二中的「壯歲始參周史席」、〈辨仙行〉中的「周任史佚來
斌斌」、「側聞盲左位頗尊姬孔而降三不湮」、〈夏進士詩〉的「君熟于
左氏，雙字誦無遺；下及廿二史，名姓胸累累。形亦與君忘，神亦與
君忘；策左五百事，賭史二千場」、〈祭程大理於城西古寺而哭之〉中
的「姬劉皆世太史氏，公乃崛起孤根中」、「北斗真人返大荒，彭鏗史
佚來趨蹌」、〈己亥雜詩〉第五七首中的「姬周史統太銷沉，況復炎劉
古學瘖」，其所流露的情感，都是龔自珍「尊史」的熱切胸懷，以及
議政論世的不悔情志。

再者，從現存龔詩的編著體例來看，在二百九十首的編年詩中，
除〈失題〉一首末詳編年外，其餘各首皆繫以干支。在〈跋破戒草〉
中，他就說：「余以年編詩閱歲名十又八。」在〈己亥雜詩〉第六五
首中，他也說：「詩編年，始嘉慶丙寅，終道光戊戌，勒成二十七
卷。」至於出京後所作的三百一十五首〈己亥雜詩〉，龔自珍在〈與
吳虹生書〉十二中說：

> 弟去年出都日，忽破詩弁，每作詩一首，以逆旅雞毛筆書
> 于帳簿紙，投一破簏中；往返九千里，至臘月二十六日抵
> 海西別墅，發簏數之，得紙團三百十五枚，蓋作詩三百十
> 五首也。中有留別京國之詩；有關津乞食之詩，有憶虹生
> 之詩，有過袁浦紀奇遇之詩，刻無抄胥，然必欲抄一全分
> 寄君讀之，則別來十閱月之心跡，乃至一坐臥、一飲食，
> 歷歷如繪。

從「別來十閱月之心跡，乃至一坐臥、一飲食，歷歷如繪」的自道之
詞，及三百一十五首詩的詩末，往往附有自注一事來看，正是龔自珍
極力落實「侍史」的創作規範的證據。章學誠在〈韓柳二先生年譜書
後〉中就說：「文集者，一人之史也；家史、國史與一代之史，亦將
取以證焉。」〔註79〕龔自珍是確實做到了「凡立言之士，必著撰述歲
月，以備後人之考證；而刊傳前達文字，慎勿輕削題注與夫題跋評論
之附見者，以使後人得而考鏡焉。」龔自珍在這方面的苦心孤詣，後
人在展讀研討其詩作之際，是不能不加以留意的。

　　3、在「尊史」的形式規範下，龔自珍主張「以經術作政論」，以
達到「經世致用」的創作歸趣。

　　清代是一個經學復興的時代，但其所以復興的背景，則是源於朝
廷對士大夫思想嚴密禁錮的結果。在〈江南生橐筆集序〉中，龔自珍
就說：「本朝糾虔士大夫甚密，糾民甚疏，視前代矯枉而過其正。」
其結果也就成了〈詠史〉一詩所說：「避席畏聞文字獄，著書都為稻
粱謀」一樣，不過，這正好反襯出龔自珍以經世致用為其思想歸趣的
治經態度。

　　他不僅譏斥錢大昕的考證成果，「絕無關繫，而文筆亦拙，無動
人處」，在〈與人箋一〉中，對於魏源的「考訂」之習，更不加深諱
的說：

> 客言足下始工於文詞，近習考定。僕豈願通人受此名

> 哉！……古人之學，同驅並進，於一物一名之中，能言其
> 大本大源，而究其所終極！綜百氏之所談，而知其義例，
> 遍入門徑，我從而完鑰之，百物爲我隸用。苟樹一義，若
> 渾渾圓矣。則文儒之總也。

龔自珍認爲治理名物的終極關懷，是要能言其大本大源，爲我所
用，纔是文儒的用力處。因此，在〈投李觀察〉中，他就感慨說：「吏
治緣經術，千秋幾合并？」在〈銘座詩〉中，他也說：「吁瑣以耗
奇兮，不如躬行以耗奇之約兮」。可見他對「以經術作政論」的深信
不移。

而他的一些著名的批判文章，如〈乙丙之際著議〉、〈明良論〉、
〈古史鈎沉論〉等，往往也都援引經史，以譏切時政。受龔自珍影響
極深的梁啓超，在《清代學術概論》中就說：

> 龔魏之時，清政既漸陵夷衰微矣，舉國方沉酣太平，而彼
> 輩若不勝其憂危，恆相與指天畫地，規天下大計，考證之
> 學，本非其所好也，而因眾所共習，則亦能之，能之而頗
> 欲用以別闢國土，故雖言經學，而其精神與正統派之爲經
> 學而治經學者既有以異。……故後之治今文學者，喜以經
> 術作政論，則龔魏之遺風也。

肆、尊史說所衍生的四個文學概念

一、有用

在「尊史」的形式規範下，無論是「一代之治，即一代之學」、「詩
成侍史佐評論」或是「以經術作政論」，都同樣表達了龔自珍以「經
世致用」爲歸趣的文學創作。因此，對於文學作品中的社會性與時代
性，龔自珍也就格外的重視。要求文學創作也應該像經、史一樣，有
其確切的目的性。在〈同年生吳侍御傑疏請唐陸宣公從祀瞽宗，得俞
旨行，侍御屬同朝爲詩，以張其事，內閣中書龔自珍獻侑神之樂歌〉
之四中，他就說：

> 御史臣傑，職是標舉。曰聖之的，以有用爲主。炎炎陸公，

> 三代之才。求政事在斯，求言語在斯，求文學之美，豈不
> 在斯？

龔自珍認爲雖然政事、言語以及文學等，都各自有其歸屬的範疇，不
容混淆；但三者也有共同的歸趣，那就是「有用」。

不過，龔自珍所主張的「有用」，並不等同於狹隘的文學功利主
義。他所揭示的，應是自孔子以來爲儒家所肯定既「盡美」又「盡善」
的藝術原則。它不但肯定文學美在形式特徵上，所帶給人們主觀與感
性的愉悅。但這還不足夠，如此祇是美而已，是文學所以爲文學的基
本要件，而不是偉大要件。所以，它又肯定蘊含思想與歷史深度的重
要性；在提供主觀感性的愉悅與快感之外，還要能夠帶來社會性的，
屬於理性層次上的收獲。這樣它既不停留在可能流於淺薄的形式美
上，同時它也超越了狹隘的文學功利主義，使文學有臻於偉大的可
能。因此，孔子認爲〈韶〉樂偉大，既「盡美」又「盡善」；對〈武〉
樂卻不許以偉大，僅認爲它「盡美」而已。其原因也正由於前者在提
供了形式美之後，又進而能符合「爲政以德」的內容規範。

龔自珍所揭示的「求文學之美，豈不在斯」的「有用」，實際上
也即指「美」與「善」能夠相輔相成的既「盡美」又「盡善」而言。
由此來看，「尊史說」的重新提出，正是龔自珍在確保文學有了「美」
之後，又能兼具「善」的內容，使其能夠具有偉大與崇高的可能性。
與龔自珍在年代上相近的作家雨果就曾說過：「任何美都不會因爲
『善』而遭損失」，「有用而又美，這就是崇高了。」

二、受與洩

在「尊史」的形式規範下，龔自珍既要求「一代之治，即一代之
學」，以便達到「經世致用」的歸趣；如此一來，「一代之治」與「一
代之學」的互動關係，龔自珍也就特別的重視。就文學創作的領域
言，作者的體驗生活與反映生活，正好符應了這層關係。在〈送徐鐵
孫序〉中，他就以自然界的形勢爲喻，強調外在境遇對主體建構的決
定力量，從而提出「受」與「洩」的概念，要求詩人要認識時代，接

近時代，進而反映時代，纔能創作出好的作品：

> 夫詩必有原焉，易、書、詩、春秋之肅若泬若，周秦間數
> 子之繽若葎若，而譄兹，……於是乃放之乎三千年青史氏
> 之言，……合而以昌其詩，而詩之境乃極。則如嶺之表，
> 海之滸，磅礴浩洶，以受天下之瑰麗，而洩天下之拗怒也，
> 亦有然。

龔自珍深切體認周秦諸子的莽蕩風格，其來有自。故主張詩人應廣收
博納，舉凡三千年青史之言、八儒、三墨、兵、星氣、五行以及當代
的故實，官牘地志，計簿客籍之言，都要積儲於心；就像依附著自然
形勢的「嶺之表，海之滸」一樣，其結果也必定顯現出「磅礴浩洶」
的氣象，如此一來，纔能臻於作詩的極境。這裡，龔自珍強調了「受
天下之瑰麗」以「洩天下之拗怒」的重要意義。換言之，親身感受外
在境遇的一切，進而將之反映於文學作品中，其作品的風格，也必
然是「磅礴浩洶」的。這自然也是從「尊史」這一母題所衍生出來的
概念。

有關「受」與「洩」，兩者之間的對待關係，在〈與江居士箋〉
一文中，龔自珍也說：「外境迭至，如風吹水，萬態皆有，皆成文章，
水何容拒之哉！」顯然他所強調的，仍是在主體建構要能感受外在境
遇的這層關係上。事實上，它所以被特別的強調，是因為當時的文壇
風氣不是講求格調，即是說肌理，要不就是強作感慨，割裂前人字句，
抄襲成篇。對於現實活生生的週遭環境，不是有意避開，就是全然漠
視。對於現實不能接近，不能有所感受，當然真正美的、有用的文章，
也就無法誕生。

三、變

「變」，作為文學思想裡的一個概念，無論在「尊史說」或「尊
情說」裡，龔自珍都極為重視。祇是後者不用「變」這一字眼，而是
以「自如」的面貌出現，而且它主要是指創作主體與文本之間的關係
而言。但是，從「尊史」所衍生出來的「變」，其所指就不同了。它

主要是指文學趨勢與創作主體所賴以生存的外在境遇之間的關係而言。龔自珍從歷史以及事物是變遷的觀點出發，認為文學既然是依存於時代，因此，時代變了，文學也就自然要變，纔能真正的反映時代。在〈釋風〉中，他就說：

> 古人之世，儵而為今之世，今人之世，儵而為後之世，旋
> 轉簸蕩而不已。

在〈上大學士書〉中，他也說：

> 自古及今，法無不改，勢無不積，事例無不變遷，風氣無
> 不移易。

　　既然大自社會、歷史的總體相，小至法條、形勢、事例與風氣等，無一不是變動不居的，然則文學豈能長久定位於天地之間？所以，在〈秦漢石刻文錄序〉中，龔自珍就說：「文體五百歲一變。」在〈文體箴〉中，他也說：「一創一蹶，眾不憐矣。大變忽開，請俟天矣。」

　　從變遷的定律出發，認為時代會變，歷史會變，所以文學會變，進而要求文學要變。雖能說明龔自珍主張「變」的原因，卻不能顯現出從「尊史」這一母題所衍生而來的「變」的真正意義。換言之，龔自珍「尊史說」所涵蓋的「變」的概念，是有其歷史背景的。

　　龔自珍重視「變」的思想，主要是受到公羊學的「三世說」的影響。但他在繼承之後，卻予以擴大，使其具有更普遍的意義。不僅春秋時期可分為三世，古今歷史的發展也可以分為三世。在〈五經大義終始答問八〉中，他就說：

> 通古今可以為三世，春秋首尾，亦為三世。大橈作甲子，
> 一日亦用之，一歲亦用之，一章一部亦用之。

　　古今歷史的發展，既可以適用「三世」的分法；而在「尊史」的形式規範下，龔自珍又主張「一代之治，即一代之學」；然則在預示「衰世」即將來臨之際，他起而抨擊當時模擬成風的文學趨勢，進而要求改變文學的創作規律，使文學接近時代，以便能夠正確的反映時代，從而有能力改變時代。這纔是龔自珍重視「變」的真正意義

所在。

不過需進一步說明的是，龔自珍的「變」，並不是「驟變」，而是一種在不同層次裡逐漸循環累積的「變」。在〈與徽州府志局纂修諸子書〉一文中，他就說：「今字多於古字，今事積於古事，是故今史繁於古史。等而下之，百世可知矣。」在〈壬癸之際胎觀第五〉中，他也說：

> 萬物之數括於三：初異中，中異終，終不異初。一苞三變，一柔三變，一柔核亦三變。……萬物一而立，再而反，三而如初。

影響所及，龔自珍對於文學的變革，自然也就不會採取驟變的態度，要求掀起一次五四運動式的文學革命，而是先從語言的通俗化，內容的社會化開始進行改革。在〈文體箴〉中，他就說：「一創一蹶，眾不憐矣。大變忽開，請俟天矣。……文心古無，文體寄於古。」就如同他的社會改革一樣，是採取「可以慮，可以更，不可以驟」的溫和主張的。

四、善出與善入

「善出」與「善入」的提出，是對「受」與「洩」的進一步規定。

在〈上大學士書〉中，龔自珍說：

> 夫有人必有胸肝，有胸肝則必有耳目，有耳目則必有上下百年之見聞，有見聞則必有考訂同異之事，有考訂同異之事，則或胸以為是，胸以為非，有是非，則必有感慨激奮，感慨激奮而居上位，有其力，則所是者依，所非者去，感慨激奮而居下位，無其力，則探吾之是非，而昌昌大言之。

「有上下百年見聞」是「受」，「昌昌大言」是「洩」，「受」與「洩」之間所依循的，是「胸」所以為的「是非」。但如何確保「胸」所謂的是非，不是囿於個人私見的是非，而是以天下的是非為是非呢？這就有待於作者的「善入」與「善出」了。在〈尊史〉中，龔自

珍就說：

> 心尊，則其官尊矣；心尊，則其言尊矣；官尊言尊，則其
> 人亦尊矣。

心所以尊，是因爲能夠「善入」與「善出」的結果。心能夠尊，「居
上位」的官吏與「居下位」的吾人之所言，也纔能夠受到重視，發揮
「所是者依，所非者去」的改革作用。但「善入」與「善出」的具體
內容爲何呢？在前揭文中，龔自珍就說：

> 天下山川形勢，人心風氣，土所宜，姓所貴，皆知之；國
> 之祖宗之令，下逮吏胥之所□守，皆知之。其於言禮、言
> 兵、言政、言獄、言掌故、言文體、言人賢否，如言其家
> 事，可謂入矣。……天下山川形勢，……如優人在堂下，
> 號咷舞歌，哀樂萬千，堂上觀者，肅然踞坐，眡眣而指點
> 焉，可謂出矣。

言論要受到尊重，不僅要深入社會生活，對於地理形勢、時代風尚、
民俗人情，乃至國家政令、官場規矩，都要有一番徹底的瞭解與體會，
要如數家珍一樣，熟悉而深刻。此外，還要不惑於生活的表象，要能
夠自覺地抽離，以超越的角度，對所描寫的對象，作出準確的評價與
犀利的判斷。否則，「不善入」，則不能眞實的反映社會生活，向壁虛
構，形同囈語。「不善出」，則囿於表象，隨世浮沉，無法透視生活的
本質，從而也就不能提煉出深刻的內在規律。

　　龔自珍的特別強調「善入」與「善出」，事實上，也是有其時代
背景的。他曾經不止一次的感慨當時的士大夫不學無術，了無古代師
儒的「兼綜之能」與「博聞之資」。在〈乙丙之際著議第六〉中，他
就說：

> 生不荷櫌鋤，長不習吏事，故書雅記，十窺三四，昭代功
> 德，瞠目未睹，上不與君處，下不與民處。由是士則別有
> 士之淵藪者，儒則別有儒之林囿者，昧王霸之殊統，文質
> 之異尚。其惑也，則且援古以刺今，囂然有聲氣矣。是故
> 道德不一，風教不同，王治不下究，民隱不上達。

在〈明良論一〉中,他也說:

> 今士大夫,無論希風古哲,志所不屬,雖下劣如矜翰墨,
> 召觴詠,我知其必不暇爲也。今上都通顯之聚,未嘗道政
> 事談文藝也;外史之宴游,未嘗各陳設施談利弊也。

士大夫祇知車馬、服飾與言詞捷給,既對民隱無所悉,有關國家設施
的利弊,自然也就無法侃侃而談,言其要害,一旦國家有了緩急之危,
也就祇有「紛紛燕鳩逝」的各自逃竄了。這自然還是循著「一代之治,
即一代之學」的「尊史」形式,往下推衍而來的。在〈對策〉中,龔
自珍就說:

> 自古英君誼辟,欲求天下駿雄宏懿之士,未嘗不以言;人
> 臣欲以其言裨於時,必先以其學考諸古。不研乎經,不知
> 經術之爲本也;不討乎史,不知史事之爲鑑也。不通乎當
> 世之務,不知經、史施於今日之孰緩、孰亟、孰可行、孰
> 不可行也。

博通古今的「研乎經,討乎史,通乎當世之務」是「善入」的問題,
「孰緩、孰亟、孰可行、孰不可行」,則是「善出」的問題。人臣之
言的能否「裨於時」,關鍵仍在人臣能否「善入」與「善出」的問
題上。

不僅治理世務如此,治經與創作文學,也還是如此。在〈與人箋
一〉中,龔自珍就說:

> 古人文學,同驅並進。于一物一名之中,能言其大本大原,
> 而究其終極。綜百氏之所談,而知其義例,遍入其門徑,
> 我從而管鑰之,百物爲我隸用。

熟悉諸子百家的學說,考訂其中的異同,這是「善入」;而從其中整
理出「義例」,以便供我使用,則是「善出」。這纔是具有潤澤人生作
用的經書的原義,也纔是學者所應遵循的治經態度。

在〈送徐鐵孫序〉中,龔自珍也認爲要達到詩歌的極境,就要像
大海兼納百川一樣,既積學於心,又能將之融會貫通,合併於心:

> 放之乎三千年青史氏,放之乎八儒、三墨、兵、刑、星氣、

> 五行，以及古人不欲明言，不忍卒言，而姑猖狂恢詭以言
> 之之言，乃亦攄證之以并世見聞，當代古實，官牘地志，
> 計簿客籍之言，合而以昌其詩，而詩之境乃極。

既要縱身於古今諸子百家的言論之中，又要將之與當世見聞相互攄
證一番，然後兩者合併於一心，發而爲詩，自然也就達到詩的最高
境界。

從「善入」與「善出」的提出背景與具體涵義來看，龔自珍不僅
重視思想的深刻意義，也同時重視藝術的個性意義。不過，他是以「內
容決定形式」的方式，將「美」隸屬在「善」的範疇裡，使藝術的個
性美與時代相結合，爲時代而服務。

第六章　結　論

　　自來無論在文學創作或是文學批評的範疇裡，往往面臨了「言志」與「緣情」兩者之間的主從困擾。在同一作家的作品中，一方面能夠扣緊時代脈動，反映時代風貌，唱出時代的強音，一方面又能夠曲盡個人精神生活的體驗，道盡人生的苦悶情緒，在傳統作家中，雖有之，但並不多見；而在兼顧了「言志」與「緣情」之後，又能臻作品於「美」的境界，並且「別開生面」，獨領風騷的，則更是麟毛鳳角。由以上的論述來看，龔自珍的詩文創作，則有此一成就。他不僅能以思想傳後，也能以文字傳後。雖有時其思想內容或藝術形式，不免有些拘囿或流連其中的問題產生，但整體而言，仍是瑕不掩瑜的。

　　值得注意的是，龔文與龔詩在主體情志的思想性格上，並不完全是重疊的。在前者中，「言志」始終是一種強勢的情感，歷史性格與時代精神是其主要的創作趣尚，而後者則具有較鮮明的心理與生理情感趣尚，較富於個性意義。換言之，前者因爲本身的倫理傾向較鮮明，較偏向於「兼濟」的憂患情感，作者的個人情感便隱藏在社會情感的背後，居在一種弱勢的從屬地位；而後者由於對「情」的界定，不似散文的嚴格與拘囿，因此，它除了服從於「侍史」的歸範之外，又能集較偏向於個人生理情感的仙、俠、禪與豔於一身。可見主體情志雖是文學創作的最高指導原則，但它往往又受到文體的「本色」的制約。龔自珍基本上是認同「文體分工說」的觀點的，這可以從〈己

亥雜詩〉中有關的詩作得到證明。因此，在龔文中，作者的憂世情感，顯然較憂生情感爲凸顯，而成爲一種主調。而在龔詩中，兩者就較能取得平衡點。

其次，在藝術繼承的問題方面，我們可以發覺到文學風格的決定，除是決定於作者本身的主體情志與其氣質格調外，他本身對於前人藝術成果的繼承方式，亦是不可忽略的重要因素之一。尤其是文本型態中的傳達特徵與語言作風，往往最能看出這種情形。龔詩的雄奇哀豔，自然與作者在生命態度上的集儒、仙、俠、禪與豔有密切的關係，但它所涵蓋的「逸」、「奇」、「怪」、「麗」，其實則又是承自於莊子、屈原、李白、韓愈、李賀與李商隱等人的結果。但是，由於時代環境的衝突與矛盾，日益加劇，歷史的風雲變化，到了近代更顯得瞬息萬變，因此，龔詩在李白的雄奇之外，又多了一分憤怒的峭刻與頓挫之美，在李商隱的哀豔之外，又滲入一種不甘雌伏的雄奇意味。可見詩歌的藝術風格，既受到傳統繼承的影響，傳統又往往在作者的時代經驗裡，不斷蛻變而有所翻新。對文學創作而言，傳統、時代與作家三者之間的關係，是彼此互動的。

最後，在文學思想方面，有關這方面的理論構建，本不是龔自珍所在意的。但他所提出的「尊史」與「尊情」兩大文學思想範疇，不但整合了明代中葉以來有關情感解放的主張，使「情」的內容更形完備，同時兼具了「一時之性情」與「萬古之性情」的趣尚，而且還將文學、經學與政治三者予以會通，除了使文學歸範在需同時反映個人情感與時代情感外，還要賦予形象本身有著振衰起弊的淑世作用。這種結果的產生，主要亦是來自於時代的啓示。可見文學思想本身的是否富有典型意義，與作者的襟抱與視野有密切的聯繫，而作者的襟抱與視野是否崇高與寬廣，又往往取決於作者與時代的貼近程度而定。

由於筆者學力不逮，用功不勤，本論文中的諸多論述，訛誤必多，而且因爲不知剪裁之故，篇幅頗爲繁瑣累贅，尚祈大家指正。

重要參考書目

凡例

一、本參考書目計分校注、專書論著與期刊論文三類。

二、一律依照書名或篇名筆劃順序排列。

壹、校注類

1. 《龔自珍全集》，臺北：新文豐出版公司，1975 年。
2. 《龔定庵全集類編》，臺北：世界書局，1973 年。
3. 《龔自珍全集》，臺北：河洛圖書出版社，1975 年。
4. 《龔自珍己亥雜詩注》，劉逸生注，北京：中華書局，1980 年。
5. 《龔自珍詩選》，劉逸生選注，香港：三聯書店，1990 年。
6. 《龔自珍詩選》，劉逸生選注，杭州：浙江人民出版社，1982 年。
7. 《龔自珍詩選》，劉逸生選注，臺北：遠流出版社，1990 年。
8. 《龔自珍詩文選注》，唐文英選注，上海：上海古籍出版社，1989年。
9. 《龔自珍詩文選》，孫欽善選注，北京：人民文學出版社，1991 年。

貳、專書論著類

1. 《小倉山房詩文集》，袁枚著，上海：上海古籍出版社，1988 年。
2. 《中國近代文學發展史》(1)，郭延禮著，濟南：山東教育出版社，1990 年。
3. 《中國詩歌美學概論》，覃召文著，廣州：花城出版社，1990 年。

4. 《中國文學理論批評史上、下》，敏澤著，北京：人民文學出版社，1981 年。

5. 《中國歷代思想家》（四一），王壽南編，臺北：臺灣商務印書館，1979 年。

6. 《中國近代新學的開展》，張立文著，臺北：東大圖書公司，1991 年。

7. 《中國十九世紀思想史》（上），韋政通著，臺北：東大圖書公司，1991 年。

8. 《中國雜文史》，邵傳烈著，上海：上海文藝出版社，1991 年。

9. 《中國文學理論史》，黃保眞等著，北京：北京出版社，1991 年。

10. 《中國美學史資料彙編》（上、下），明文書局編，臺北：明文書局，1983 年。

11. 《中國之俠》，劉若愚著，周清霖等譯，上海：上海三聯書店，1991 年。

12. 《中國美學思想史》，敏澤著，濟南：齊魯書社，1989 年。

13. 《中國美學史大綱》，葉朗著，臺北：滄浪出版社，1986 年。

14. 《中國近代人物研究信息》，林言椒等編，天津：天津教育出版社，1989 年。

15. 《中國近三百年學史》，錢穆著，臺北：臺灣商務印書館，1987 年。

16. 《中國近代哲學史》，馮契主編，上海：上海人民出版社，1989 年。

17. 《中國近代道德啓蒙》，吳熙釗著，長春：吉林文史出版社，1990 年。

18. 《中國哲學史史料學概要》，劉建國編，長春：吉林人民出版社，1983 年。

19. 《中國近代政治思想史》，桑咸之編，北京：中國人民大學出版社，1989 年。

20. 《中國古典文學論文集續編》，任訪秋著，開封：河南大學出版社，1990 年。

21. 《中國詩歌美學》，肖馳著，北京：北京大學出版社，1986 年。

22. 《中國古代文學創作論》，張少康著，臺北：文史哲出版社，1991 年。

23. 《中國古代文學批評學》，賴力行著，武昌：華中師大出版社，1991 年。

24. 《太炎文錄初編》，章太炎著，上海：上海人民出版社，1985 年。

25. 《文學心理學》，魯樞元、錢谷融主編，臺北：新學識文教出版中心，1990 年。

26. 《文心雕龍校證》，王利器校箋，臺北：明文書局，1982 年。

27. 《文史通義》，章學誠著，臺北：華世出版社，1980 年。

28. 《史記會注考證》，瀧川龜太郎著，臺北：洪氏出版社，1977 年。

29. 《李白研究》，安旗著，西安：西北大學出版社，1987 年。

30. 《李白集校注》，瞿蛻園等著，臺北：里仁書局，1981 年。

31. 《李白與杜甫》，郭沫若著，北京：人民出版社，1982 年。

32. 《思辯短簡》，王元化著，上海：上海古籍出版社，1989 年。

33. 《近代文學研究法》，長谷川泉著，孟慶樞等譯，長春：時代文藝出版社，1991 年。

34. 《近代經學與政治》，湯志鈞著，北京：中華書局，1989 年。

35. 《近代思想史散論》，龔鵬程著，臺北：東大圖書公司，1991 年。

36. 《近代中國思想學說史》，侯外廬著，坊間影本。

37. 《清朝文字獄》，郭成康等著，北京：群眾出版社，1990 年。

38. 《飲冰室合集》，梁啓超著，北京：中華書局，1990 年。

39. 《焚書、續焚書》，李卓吾著，臺北：漢京文化事業有限公司，1984 年。

40. 《湯顯祖集》，湯顯祖著，上海：上海人民出版社，1973 年。

41. 《莊子集釋》，郭慶藩輯，臺北：華正書局，1979 年。

42. 《楚辭補注》，洪興祖補注，臺北：漢京文化事業有限公司，1978 年。

43. 《劍氣簫心》，王鎮遠著，香港：中華書局，1990 年。

44. 《詩史本色與妙悟》，龔鵬程著，臺北：學生書局，1986 年。

45. 《漢語文字與審美心理》，臧克和著，上海：學林出版社，1990 年。

46. 《漢語修辭學史綱》，易蒲等著，長春：吉林教育出版社，1989 年。

47. 《歷代作家風格章法研究》，胡奇光著，北京：語文出版社，1990 年。

48. 《歷代名家評史記》，楊燕起等編，北京：北京師大出版社，1986 年。

49. 《魏源詩文繫年》，李瑚著，北京：中華書局，1979 年。

50. 《龔自珍》，孫文光著，上海：上海古籍出版社，1985 年。

51. 《龔定盦研究》，朱傑勤著，臺北：臺灣商務印書館，1972 年。

52. 《龔自珍的詩文》，華南師範學院中文系，北京：中華書局，1979年。

53. 《龔自珍研究》，管林、鍾賢培、陳新璋合著，北京：人民文學出版社，1984年。

54. 《龔自珍研究資料集》，孫文光、王世芸合編，合肥：黃山書社，1984年。

參、期刊論文類

1. 《定庵文集自刻本批語考釋》，管林，《中國近代文學評林》（2），頁 244～253。

2. 《佛學與中國近代詩壇》，陸草，《文學遺產》1989 年第 2 期，頁 29～39。

3. 《李贄的『童心說』與龔自珍的文學思想》，張兵，《古代文學理論研究》第 10 輯，頁 231～249。

4. 《兼得于亦劍亦簫之美者》，吳調公，《文學評論》1984 年第 5 期，頁 41～54。

5. 《記龔自珍佚文〈學隸圖跋〉與魏源佚詩三首》，樊克政，《中華文史論叢》1979 年第 1 輯，頁 413～428。

6. 《從龔自珍到梁啓超》，張俊才，《中國古代、近代文學研究月刊》1991 年第 5 期，頁 298～304。

7. 《近代啓蒙思想與龔自珍的病梅館記》，盧興基，《中國古代、近代文學研究月刊》1991 年第 12 期，頁 285～288。

8. 《論龔自珍的個性解放思想》，孫欽善，《中國文化與中國哲學》1987 年，頁 309～351。

9. 《論俠客崇拜》，龔鵬程，《中國學術年刊》第 8 期，頁 271～328。

10. 《鴉片戰爭與近代文學中的愛國主義》，寧殿弼，《中國古代、近代文學研究月刊》1991 年第 8 期，頁 277～279。

11. 《試論龔自珍思想矛盾的兩重性》，李錦全，《中國近代文化問題》，頁 267～283。

12. 《簡論龔自珍的創作與近代詩文的關係》，牛仰山，《東岳論叢》1985 年第 3 期，頁 76～85。

13. 《龔自珍史學研究》，張承宗，《中國近代史學史論集》（上），頁 66～89。

14. 《龔自珍、魏源文學思想之比較》，管林，《中國近代文學評林》（2），頁 19～35。

15. 《龔自珍研究》，四川師院中文系，《中國近代文學論文集·詩文卷》
（1949～1979），頁 116～153。

16. 《龔自珍思想筆談》，王元化，《中國近代文學論文集·詩文卷》，頁
190～226。

17. 《龔自珍集外文》，楊天石，《中國近代文學論文集·詩文卷》，頁
227。

18. 《龔自珍與沈曾植》，錢仲聯，《文獻》1989 年第 1 期，頁 28～32。

19. 《龔自珍〈己亥雜詩〉淺論》，鍾賢培，《中國古典文學論叢》第 1
輯，頁 573～603。

20. 《龔自珍與晚清詩壇》，任訪秋，《河南師大學報》1984 年第 2 期，
頁 39～45。

21. 《龔定庵思想之分析》，錢穆，《國學季刊》第 5 卷第 3 號，頁 501
～522。

22. 《龔自珍集外文錄》，孫文光，《安徽師大學報》1982 年第 2 期，頁
44～49。

23. 《龔自珍先生年譜》，王壽南，《大陸雜誌》第 18 卷第 7、8、9 期，
頁 207～211、252～258、282～291。